# FLOR DE SANTIDAD
HISTORIA MILENARIA

# COLOQUIOS ROMÁNTICOS

RAMÓN DEL VALLE-INCLÁN

# FLOR DE SANTIDAD

HISTORIA MILENARIA

---

# COLOQUIOS ROMÁNTICOS

ESPASA - CALPE ARGENTINA, S. A.
BUENOS AIRES - MÉXICO

*Primera edición popular, especialmente autorizada por la viuda del autor para la*

COLECCIÓN AUSTRAL

*Queda hecho el depósito que previene la ley Nº 11723*

*Todas las características gráficas de esta colección han sido registradas en la oficina de Patentes y Marcas de la Nación.*

**Copyright by Cía. Editora Espasa-Calpe Argentina, S. A.
Buenos Aires, 1942**

PRINTED IN ARGENTINE

*Acabado de imprimir el día 28 de octubre de 1942*

Cía. Gral. Fabril Financiera S. A. - Iriarte 2035 - Buenos Aires

# ÍNDICE

## FLOR DE SANTIDAD

Pág.

Soneto del poeta Antonio Machado............. 11

PRIMERA ESTANCIA

| Capítulo | I | 13 |
|---|---|---|
| » | II | 15 |
| » | III | 17 |
| » | IV | 21 |
| » | V | 25 |

SEGUNDA ESTANCIA

| Capítulo | I | 29 |
|---|---|---|
| » | II | 33 |
| » | III | 37 |
| » | IV | 43 |
| » | V | 45 |

TERCERA ESTANCIA

| Capítulo | I | 49 |
|---|---|---|
| » | II | 53 |
| » | III | 57 |
| » | IV | 61 |
| » | V | 65 |
| » | VI | 69 |

CUARTA ESTANCIA

| Capítulo | I | 73 |
|---|---|---|
| » | II | 77 |
| » | III | 81 |
| » | IV | 85 |
| » | V | 89 |

QUINTA ESTANCIA

| Capítulo | I | 93 |
|---|---|---|
| » | II | 97 |
| » | III | 99 |
| » | IV | 103 |
| » | V | 107 |

## COLOQUIOS ROMÁNTICOS

PRIMERA JORNADA ............................. 111
SEGUNDA JORNADA ............................. 131
TERCERA JORNADA ............................. 155

# FLOR DE SANTIDAD
## HISTORIA MILENARIA

# SONETO DEL POETA ANTONIO MACHADO

## ESTA LEYENDA EN SABIO ROMANCE CAMPESINO

*Ni arcaico ni moderno, por Valle-Inclán escrita,*
*Revela en los halagos de un viento vespertino,*
*La santa flor del alma que nunca se marchita.*
*Es la leyenda campo y campo. Un peregrino*
*Que vuelve solitario de la sagrada tierra*
*Donde Jesús morara, camina sin camino*
*Entre los agrios montes de la galaica sierra.*
*Hilando silenciosa, la rueca a la cintura,*
*Adega, en cuyos ojos la llama azul fulgura*
*De la piedad humilde, en el romero ha visto,*
*Al declinar la tarde, la pálida figura,*
*La frente gloriosa de luz y la amargura*
*De amor que tuvo un día el* SALVADOR DOM. CRISTO.

# PRIMERA ESTANCIA

## CAPÍTULO I

Caminaba rostro a la venta uno de esos peregrinos que van en romería a todos los santuarios y recorren los caminos salmodiando una historia sombría, forjada con reminiscencias de otras cien, y a propósito para conmover el alma de los montañeses, milagreros y trágicos. Aquel mendicante desgreñado y bizantino, con su esclavina adornada de conchas, y el bordón de los caminantes en la diestra, parecía resucitar la devoción penitente del tiempo antiguo, cuando toda la Cristiandad creyó ver en la celeste altura el Camino de Santiago. ¡Aquella ruta poblada de riesgos y trabajos, que la sandalia del peregrino iba labrando piadosa en el polvo de la tierra!

No estaba la venta situada sobre el camino real, sino en mitad de un descampado donde sólo se erguían algunos pinos desmedrados y secos. El paraje de montaña, en toda sazón austero y silencioso, parecíalo más bajo el cielo encapotado de aquella tarde invernal. Ladraban los perros de la aldea vecina, y como eco simbólico de las borrascas del mundo se oía el retumbar ciclópeo y opaco de un mar costeño muy lejano. Era nueva la venta, y en medio de la sierra adusta y parda, aquel portalón color de sangre y aquellos frisos azules y amarillos de la fachada, ya borrosos por la perenne lluvia del invierno, producían indefinible sensación de antipatía y de terror. La carcomida venta de antaño, incendiada una noche por cierto famoso bandido, impresionaba menos tétricamente.

Anochecía y la luz del crepúsculo daba al yermo y riscoso paraje entonaciones anacoréticas que destacaban con sombría idealidad la negra figura del peregrino. Ráfagas heladas de la sierra que imitan el aullido del lobo, le sacudían implacables la negra y sucia guedeja, y arrebataban, llevándola del uno al otro hombro, la ola de la barba que al amainar el viento caía estremecida y revuelta sobre el pecho donde se zarandeaban cruces y rosarios. Empezaban a caer gruesas gotas de lluvia, y por el camino real venían ráfagas de polvo y en lo alto de los peñascales balaba una cabra negra. Las nubes iban a congregarse en el horizonte, un horizonte de agua. Volvían las ovejas al establo, y apenas turbaba el reposo del campo aterido por el invierno, el son de las esquilas. En el fondo de una hondonada verde y umbría se alzaba el Santuario de San Clodio Mártir rodeado de cipreses centenarios que cabeceaban tristemente. El mendicante se detuvo y apoyado a dos manos en el bordón contempló la aldea agrupada en la falda de un monte, entre foscos y sonoros pinares. Sin ánimo para llegar al caserío cerró los ojos nublados por la fatiga, cobró aliento en un suspiro y siguió adelante.

## CAPÍTULO II

Sentada al abrigo de unas piedras célticas, doradas por líquenes milenarios, hilaba una pastora. Las ovejas rebullían en torno, sobre el lindero del camino pacían las vacas de trémulas y rosadas ubres, y el mastín, a modo de viejo adusto, ladraba al recental que le importunaba con infantiles retozos. Inmóvil en medio de la mancha movediza del hato, con la rueca afirmada en la cintura y las puntas del capotillo mariñán vueltas sobre los hombros, aquella zagala parecía la zagala de las leyendas piadosas: Tenía la frente dorada como la miel y la sonrisa cándida. Las cejas eran rubias y delicadas, y los ojos, donde temblaba una violeta azul, místicos y ardientes como preces. Velando el rebaño, hilaba su copo con mesura acompasada y lenta que apenas hacía ondear el capotillo mariñán. Tenía un hermoso nombre antiguo: Se llamaba Adega. Era muy devota, con devoción sombría, montañesa y arcaica: Llevaba en el justillo cruces y medallas, amuletos de azabache y faltriqueras de velludo que contenían brotes de olivo y hojas de misal. Movida por la presencia del peregrino se levantó del suelo, y echando el rebaño por delante tomó a su vez camino de la venta, un sendero entre tojos trillado por los zuecos de los pastores. A muy poco juntóse con el mendicante que se había detenido en la orilla del camino y dejaba caer bendiciones sobre el rebaño. La pastora y el peregrino se saludaron con cristiana humildad:

—¡Alabado sea Dios!

—¡Alabado sea, hermano!

El hombre clavó en Adega la mirada, y, al tiempo de volverla al suelo, preguntóle con la plañidera solemnidad de los pordioseros, si por acaso servía en la venta. Ella, con harta prolijidad, pero sin alzar la cabeza, contestó que era la rapaza del ganado y que servía allí por el yantar y el vestido. No llevaba cuenta del tiempo, mas cuidaba que en el mes de San Juan se remataban tres años. La voz de la sierva era monótona y cantarina: Hablaba el romance arcaico, casi visigodo, de la montaña. El peregrino parecía de luengas tierras. Tras una pausa renovó el pregunteo:

—Paloma del Señor, querría saber si los venteros son gente cristiana, capaz de dar hospedaje a un triste pecador que va en peregrinación a Santiago de Galicia.

Adega, sin aventurarse a una respuesta, torcía entre sus dedos una punta del capotillo mariñán. Dió una voz al hato, y murmuró levantando los ojos:

—¡Asús... ¡Como cristianos, sonlo sí señor!...

Se interrumpió de intento para acuciar las vacas que paradas de través en el sendero alargaban el yugo sobre los tojos, buscando los brotes nuevos. Después continuaron en silencio hasta las puertas de la venta. Y mientras la zagala encierra el ganado y previene en los pesebres recado de húmeda y olorosa yerba, el peregrino salmodia padrenuestros ante el umbral del hospedaje. Adega, cada vez que entra o sale en los establos, se detiene un momento a contemplarle. El sayal andrajoso del peregrino encendía en su corazón la llama de cristianos sentimientos. Aquella pastora de cejas de oro y cándido seno hubiera lavado gustosa los empolvados pies del caminante y hubiera desceñido sus cabellos para enjugárselos. Llena de fe ingenua, sentíase embargada por piadoso recogimiento. La soledad profunda del paraje, el resplandor fantástico del ocaso anubarrado y con luna, la negra, desmelenada y penitente sombra del peregrino, le infundían aquella devoción medrosa que se experimenta a deshora en la paz de las iglesias, ante los retablos poblados de santas imágenes: Bultos sin contorno ni faz, que a la luz temblona de las lámparas se columbran en el dorado misterio de las hornacinas, lejanos, solemnes, milagrosos.

## CAPÍTULO III

Adega era huérfana: Sus padres habían muerto de pesar y de fiebre aquel malhadado Año del Hambre, cuando los antes alegres y picarescos molinos del Sil y del Miño parecían haber enmudecido para siempre. La pastora aun rezaba muchas noches, recordando con estremecimiento de amor y de miedo la agonía de dos espectros amarillos y calenturientos sobre unas briznas de paja. Con el pavoroso relieve que el silencio de las altas horas presta a este linaje de memorias, veía otra vez aquellos pobres cuerpos que tiritaban, volvía a encontrarse con la mirada de la madre que a todas partes la seguía, adivinaba en la sombra la faz afilada del padre contraída con una mueca lúgubre, el reír mudo y burlón de la fiebre que lentamente le cavaba la hoya...

¡Qué invierno aquél! El atrio de la iglesia se cubrió de sepulturas nuevas. Un lobo rabioso bajaba todas las noches a la aldea y se le oía aullar desesperado. Al amanecer no turbaba la paz de los corrales ningún cantar madruguero, ni el sol calentaba los ateridos campos. Los días se sucedían monótonos, amortajados en el sudario ceniciento de la llovizna. El viento soplaba áspero y frío, no traía caricias, no llevaba aromas, marchitaba la yerba, era un aliento embrujado: Algunas veces al caer la tarde, se le oía escondido en los pinares quejarse con voces del otro mundo. Los establos hallábanse vacíos, el hogar sin fuego, en la chimenea el trasgo moría de tedio. Por los resquicios de las tejas filtrábase la lluvia maligna y terca en las cabañas llenas de humo. Aterida, mojada, tísica, temblona, una bruja hambrienta velaba acurrucada a la puerta del horno. La bruja tosía llamando al muerto eco del rincón calcinado, negro y frío...

¡Qué invierno aquél! Un día y otro día desfilaban por el camino real procesiones de aldeanos hambrientos, que bajaban como lobos de los casales escondidos en el monte: Sus madreñas producían un ruido desolador cuando al caer de la tarde cruzaban la aldea. Pasaban silenciosos, sin detenerse, como un rebaño descarriado: Sabían que allí también estaba el hambre. Desfilaban por el camino real lentos, fatigados, dispersos, y sólo hacían alto cuando las viejas campanas de alguna iglesia perdida en el fondo del valle dejaban oír sus voces familiares anunciando aquellas rogativas que los señores abades hacían para que se salvasen los viñedos y los maizales. Entonces, arrodillados a lo largo del camino, rezaban con un murmullo plañidero. Después continuaban su peregrinación hacia las villas lejanas, las antiguas villas feudales que aún conservan las puertas de sus murallas. Los primeros aparecían cuando la mañana estaba blanca por la nieve, y los últimos cuando huía la tarde arrebujada en los pliegues de la ventisca. Conforme iban llegando unos en pos de otros, esperaban sentados ante la portalada de las casas solariegas, donde los galgos flacos y cazadores, atados en el zaguán, los acogían ladrando. Aquellos abuelos de blancas guedejas, aquellos zagales asoleados, aquellas mujeres con niños en brazos, aquellas viejas encorvadas, con grandes bocios colgantes y temblones, imploraban limosna entonando una salmodia humilde. Besaban la borona, besaban la mazorca del maíz, besaban la cecina, besaban la mano que todo aquello les ofrecía, y rezaban para que hubiese siempre caridad sobre la tierra: Rezaban al Señor Santiago y a Santa María.

¡Qué invierno aquél! Adega, al quedar huérfana, también pidió limosna por villas y por caminos, hasta que un día la recogieron en la venta. La caridad no fué grande, porque era ya entonces una zagala de doce años que cargaba mediano haz de yerba, e iba al mon-

te con las ovejas y con grano al molino. Los venteros
no la trataron como hija, sino como esclava: Marido
y mujer eran déspotas, blasfemos y crueles. Adega no
se rebelaba nunca contra los malos tratamientos. Las
mujerucas del casal encontrábanla mansa como una
paloma y humilde como la tierra. Cuando la veían
tornar de la villa chorreando agua, descalza y cargada, solían compadecerla rezando en alta voz: ¡Pobre
rapaza, sin padres!...

## CAPÍTULO IV

El mendicante salmodiaba ante el portalón de la venta:

—¡Buenas almas del Señor, haced al pobre peregrino un bien de caridad!

Era su voz austera y plañida. Apoyó la frente contra el bordón, y la guedeja negra, polvorienta y sombría, cayó sobre su faz. Una mujeruca asomó en la puerta:

—¡Vaya con Dios, hermano!

Traía la rueca en la cintura, y sus dedos de momia daban vueltas al huso. El peregrino levantó la frente voluntariosa y ceñuda como la de un profeta:

—¿Y adónde quiere que vaya, perdido en el monte?

—Adonde le guíe Dios, hermano.

—A que me coman los lobos.

—¡Asús!... No hay lobos.

Y la mujeruca, hilando su copo, entróse nuevamente en la casa. Una ráfaga de viento cerró la puerta, y el peregrino alejóse musitando: Golpeaba las piedras con el cueto de su bordón. De pronto volvióse, y rastreando un puñado de tierra lo arrojó a la venta. Erguido en medio del sendero, con la voz apasionada y sorda de los anatemas, clamó:

—¡Permita Dios que una peste cierre para siempre esa casa sin caridad! ¡Que los brazados de ortigas crezcan en la puerta! ¡Que los lagartos anden por las ventanas a tomar el sol!...

Sobre la esclavina del peregrino temblaban las cruces, las medallas, los rosarios de Jerusalén: Sus palabras ululaban en el viento, y las greñas lacias y tristes le azotaban las mejillas. Adega le llamó en voz baja desde la cancela del aprisco:

—¡Oiga, hermano!... ¡Oiga!...

Como el peregrino no la atendía, se acercó tímidamente...

—¿Quiere dormir en el establo, señor?

El peregrino la miró con dureza. Adega, cada vez más temerosa y humilde, ensortijaba a sus dedos bermejos una hoja de juncia olorosa:

—No vaya de noche por el monte, señor. Mire, el establo de las vacas lo tenemos lleno de heno y podría descansar a gusto.

Sus ojos de violeta alzábanse en amoroso ruego, y sus labios trémulos permanecían entreabiertos con anhelo infinito. El mendicante, sin responder una sola palabra, sonrió. Después volvióse avizorado hacia la venta, que permanecía cerrada, y fué a guarecerse en el establo, andando con paso de lobo. Adega le siguió. El mastín, como en una historia de santos, vino silencioso a lamer las manos del peregrino y la pastora. Apenas se veía dentro del establo: El aire era tibio y aldeano, sentíase el aliento de las vacas. El recental, que andaba suelto, se revolvía juguetón entre las patas de la yunta, hocicaba en las ubres y erguía el picaresco testuz dando balidos. La Marela y la Bermella, graves como dos viejas abadesas, rumiaban el trébol fresco y oloroso, cabeceando sobre los pesebres. En el fondo del establo había una montaña de heno, y Adega condujo al mendicante de la mano. Los dos caminaban a tientas. El peregrino dejóse caer sobre la yerba, y sin soltar la mano de Adega pronunció a media voz:

—¡Ahora solamente falta que vengan los amos!...

—Nunca vienen.

—¿Eres tú quien acomoda el ganado?

—Sí, señor.

—¿Duermes en el establo?

—Sí, señor.

El mendicante rodeóle los brazos a la cintura y Adega cayó sobre el heno. No hizo el más leve intento por huir: Temblaba agradecida al verse cerca de aquel santo que la estrechaba con amor. Suspirando cruzó las manos sobre el cándido seno como para cobijarlo y rezar. El mastín vino a posar la cabeza en su regazo. Adega, con apagada y religiosa voz preguntó al peregrino:

—¿Ya traerá mucho andado por el mundo?
—Desde la misma Jerusalén.
—¿Eso deberá ser muy desviado, muy desviado de aquí?...
—¡Más de cien leguas!
—¡Glorioso San Berísimo!... ¿Y todo por monte?
—Todo por monte y malos caminos.
—¡Ay, Santo!... Bien ganado tiene el Cielo.

Los rosarios del peregrino habíanse enredado en el cabello de la zagala que para mejor desprenderlos se puso de rodillas. Las manos le temblaban, y toda confusa hubo de arrancárselos. Llena de santo respeto besó las cruces y las medallas que desbordaban entre sus dedos.

—¡Diga, están tocados estos rosarios en el sepulcro de Nuestro Señor?
—En el sepulcro de Nuestro Señor... ¡Y además en el sepulcro de los Doce Apóstoles!

Adega volvió a besarlos. Entonces el peregrino, con ademán pontifical, le colgó un rosario al cuello:

—Guárdalo aquí, rapaza.

Y apartábala suavemente los brazos que la pastora tenía aferrados en cruz sobre el pecho. La niña murmuraba con anhelo:

—¡Déjeme, señor!... ¡Déjeme!

El mendicante sonreía y procuraba desabrocharla el justillo. Sobre sus manos velludas revoloteaban las manos de la pastora como dos palomas asustadas:

—Déjeme, señor, yo lo guardaré.

El peregrino la amenazó:

—Voy a quitártelo.

—¡Ah, señor, no haga eso!... Guárdemele aquí, donde quiera...

Y se desabrochaba el corpiño, y descubría la cándida garganta, como una virgen mártir que se dispusiese a morir decapitada.

## CAPÍTULO V

Adega cuando iba al monte con las ovejas tendíase a la sombra de grandes peñascales, y pasaba así horas enteras, la mirada sumida en las nubes y en infantiles éxtasis el ánima. Esperaba llena de fe ingenua que la azul inmensidad se rasgase dejándole entrever la Gloria. Sin conciencia del tiempo, perdida en la niebla de este ensueño, sentía pasar sobre su rostro el aliento encendido del milagro. ¡Y el milagro acaeció!... Un anochecer de verano Adega llegó a la venta jadeante, transfigurada la faz. Misteriosa llama temblaba en la azulada flor de sus pupilas, su boca de niña melancólica se entreabría sonriente, y sobre su rostro derramábase, como óleo santo, mística alegría. No acertaba con las palabras, el corazón batía en el pecho cual azorada paloma. ¡Las nubes habíanse desgarrado, y el Cielo apareciera ante sus ojos, sus indignos ojos que la tierra había de comer! Hablaba postrada en tierra, con trémulo labio y frases ardientes. Por sus mejillas corría el llanto. ¡Ella, tan humilde, había gozado favor tan extremado! Abrasada por la ola de la gracia, besaba el polvo con besos apasionados y crepitantes, como esposa enamorada que besa al esposo.

La visión de la pastora puso pasmo en todos los corazones, y fué caso de edificación en el lugar. Solamente el hijo de la ventera, que había andado por luengas tierras, osó negar el milagro. Las mujerucas de la aldea augurábanle un castigo ejemplar. Adega, cada vez más silenciosa, parecía vivir en perpetuo ensueño. Eran muchos los que la tenían en olor de saludadora. Al verla desde lejos, cuando iba por yerba al prado o con grano al molino, las gentes que trabajaban los campos dejaban la labor y pausadamente venían a esperarla en el lindar de la vereda. Las preguntas que le dirigían eran de un candor milenario. Con los rostros resplandecientes de fe, en medio de murmullos piadosos, los aldeanos pedían nuevas de sus difuntos: Parecíales que si gozaban de la bienaventuranza, se habrían mostrado a la pastora, que al cabo era de la misma feligresía. Adega bajaba los ojos vergonzosa. Ella tan sólo había visto a Dios Nuestro Señor, con aquella su barba nevada y solemne, los ojos de dulcísimo mirar y la frente circundada de luz. Oyendo a la pastora las mujeres se hacían cruces y los abuelos de blancas guedejas la bendecían con amor.

Andando el tiempo la niña volvió a tener nuevas visiones. Tras aquellas nubes de fuego que las primeras veces deslumbraron sus ojos, acabó por distinguir tan claramente la Gloria que hasta el rostro de los santos reconocía. Eran innumerables: Patriarcas de luenga barba, vírgenes de estática sonrisa, doctores de calva sien, mártires de resplandeciente faz, monjes, prelados y confesores. Vivían en capillas de plata cincelada, bordadas de pedrería como la corona de un rey. Las procesiones se sucedían unas a otras, envueltas en la bruma luminosa de la otra vida. Precedidas del tamboril y de la gaita, entre pendones carmesí y cruces resplandecientes, desfilaban por fragantes senderos alfombrados con los pétalos de las rosas litúrgicas que ante el trono del Altísimo deshojan día y noche los serafines. Mil y mil campanas prorrumpían en repique alegre, bautismal, campesino. Un repique de amanecer, cuando el gallo canta y balan en el establo las ovejas. Y desde lo alto de sus andas de marfil, Santa Baya de Cristamilde, San Berísimo de Céltigos, San Cidrán, Santa Minia, San Clodio, San Electus, tornaban hacia la pastora el rostro pulido, sonrosado, riente. ¡También ellos, los viejos tutelares de las iglesias y santuarios de la montaña, reconocían a su sierva! Oíase el murmullo solemne, misterioso y grave de las letanías, de los salmos, de las jaculatorias. Era una agonía de rezos ardientes, y sobre ella revoloteaba el áureo campaneo de las llaves de San Pedro. Zagales que tenían por bordones floridas varas, guardaban en campos de lirios ovejas de nevado, virginal vellón, que acudían a beber el agua de fuentes milagrosas cuyo murmullo semeja rezos informes. Los zagales tocaban dulcísimamente pífanos y flautas de plata, las zagalas bailaban al son, agitando los panderos de sonajas de oro. ¡En aquellas regiones azules no había lobos, los que allí pacían eran los rebaños del Niño Dios!... Y tras montañas de fantástica cumbre, que marcan el límite de la otra vida, el sol, la luna y las estrellas se ponen en un ocaso que dura eternidades. Blancos y luengos rosarios de ánimas en pena giran en torno, por los siglos de los siglos. Cuando el Señor se digna mirarlas, purificadas, felices, triunfantes, ascienden a la gloria por misteriosos rayos de luminoso, viviente polvo.

Después de estas muestras que Dios Nuestro Señor le daba de su gracia, la pastora sentía el alma fortalecida y resignada. Se aplicaba al trabajo con ahinco, abrazábase enternecida al cuello de las vacas, y hacía cuanto los amos la ordenaban, sin levantar los ojos, temblando de miedo bajo sus harapos.

# SEGUNDA ESTANCIA

## CAPÍTULO I

Despertóse Adega con el alba y creyó que una celeste albura circundaba la puerta del establo abierta sobre un fondo de prados húmedos que parecían cristalinos bajo la helada. El peregrino había desaparecido, y sólo quedaba el santo hoyo de su cuerpo en la montaña de heno. Adega se levantó suspirando y acudió al umbral donde estaba echado el mastín. En el cielo lívido del amanecer aún temblaban algunas estrellas mortecinas. Cantaban los gallos de la aldea, y por el camino real cruzaba un rebaño de cabras conducido por dos rabadanes a caballo. Llovía queda, quedamente, y en los montes lejanos, en los montes color de amatista, blanqueaba la nieve. Adega se enjugó los ojos llenos de lágrimas, para mejor contemplar al peregrino que subía la cuesta amarillenta y barcina de un sendero trillado por los rebaños y los zuecos de los pastores. Una raposa con la cola pegada a las patas, saltó la cancela del huerto y atravesó corriendo el camino. Venía huída de la aldea. El mastín enderezó las orejas y prorrumpió en ladridos. Después salió a la carrera, olfateando con el hocico al viento. Al peregrino ya no se le veía. La ventera llamó desde el corral:

—¡Adega!... ¡Adega!...

Adega besó el rosario que llevaba al cuello, y se abrochó el corpiño.

—¡Mande, mi ama!

La ventera asomó por encima de la cerca su cabeza de bruja:

—Saca las ovejas y llévalas al monte.

—Bien está, sí, señora.

—Al pasar, pregunta en el molino si anda la piedra del centeno.

—Bien está, sí, señora.

Abrió el aprisco y entró a buscar el cayado. Las ovejas iban saliendo una a una, y la ventera las contaba en voz baja. La última cayó muerta en el umbral. Era blanca y nacida aquel año, tenía el vellón intonso, el albo y virginal vellón de una oveja eucarística. Viéndola muerta, la ventera clamó:

—¡Ay!... De por fuerza hiciéronle mal de ojo al ganado... ¡San Clodio Bendito! ¡San Clodio Glorioso!

Las ovejas acompañaban aquellos clamores balando tristemente. Adega respondió:

—Es la maldición del peregrino, señora ama. Aquel santo era Nuestro Señor que andaba pidiendo por las puertas para saber dónde había caridad.

Las ovejas agrupábanse amorosas en torno suyo. Tenía en los ojos lumbre de bienaventuranza, cándido reflejar de estrellas. Su voz estaba ungida de santidad: Cantaba profética:

—¡Algún día se sabrá! ¡Algún día se sabrá!

Parecía una iluminada llena de gracia saludadora. El sol naciente se levantaba sobre su cabeza como para un largo día de santidad. En la cima nevada de los montes temblaba el rosado vapor del alba como gloria seráfica. La campiña se despertaba bajo el oro y la púrpura del amanecer que la vestía con una capa pluvial: La capa pluvial del gigantesco San Cristóbal desprendida de sus hombros solemnes... Los aromas de las eras verdes esparcíanse en el aire como alabanzas de una vida aldeana, remota y feliz. En el fondo de las praderas el agua, detenida en remansos, esmaltaba flores de plata. Rosas y lises de la heráldica celestial que sabe la leyenda de los Reyes Magos y los amores ideales de las santas princesas. En una lejanía de niebla azul se perfilaban los cipreses de San Clodio Mártir rodeando el Santuario, obscuros y pensativos en el descendimiento angélico de aquel amanecer, con las cimas mustias ungidas en el ámbar dorado de la luz. La ventera con las secas manos enlazadas sobre la frente, contemplaba llorosa su oveja muerta, su oveja blanca preferida entre cien. Lentamente volvióse a la pastora y le preguntó con desmayo:

—¿Pero tú estás cierta, rapaza?... Aquel caminante venía solo, y tengo oído en todos los Ejemplos que Nuestro Señor cuando andaba por el mundo llevaba siempre al Señor San Pedro en su compaña.

Adega repuso con piadoso candor:

—No le hace, mi ama. El señor San Pedro, como es muy anciano, quedaríase sentado en el camino descansando.

Convencida la ventera alzó al cielo sus brazos de momia:

—¡Bendito San Clodio, guárdame el rebaño, y tengo de donarte la mejor oveja, el día de la fiesta! ¡La mejor oveja, bendito San Clodio, que solamente el verla meterá gloria! ¡La mejor oveja, santo bendito, que habrán de envidiártela en el Cielo!

Y la ventera andaba entre el rebaño como loca rezadora y suspirante, platicando a media voz con los santos del Paraíso, halagando el cuello de las ovejas, trazándoles en el testuz signos de conjuro con sus toscos dedos de labriega trémulos y zozobrantes. Cuando alguna oveja se escapaba, Adega la perseguía hasta darle alcance. Jadeando, jadeando, correteaba tras ella por todo el descampado. Con las manos enredadas al vellón dejábase caer sobre la yerba cubierta de rocío. Y la ventera desde lejos, inmóvil en medio del rebaño, la mirada con ojos llenos de brujería:

—¡Levántate, rapaza!... No dejes escapar la oveja... Hazle en la testa el círculo del Rey Salomón que deshace el mal de ojo... ¡Con la mano izquierda, rapaza!...

—¡Voy, mi ama!

Adega obedecía y dejaba en libertad a la oveja, que se quedaba a su lado mordisqueando la yerba...

## CAPÍTULO II

La ventera y la zagala bajan del monte llevando el ganado por delante. Las dos mujeres caminan juntas, con los mantelos doblados sobre la cabeza como si fuesen a una romería. Dora los campos la mañana, y el camino fragante con sus setos verdes y goteantes, se despierta bajo el campanilleo de las esquilas, y pasan apretándose las ovejas. El camino es húmedo, tortuoso y rústico como viejo camino de sementeras y de vendimias. Bajo la pezuña de las ovejas quédase doblada la yerba, y lentamente, cuando ha pasado el rebaño, vuelve a levantarse esparciendo en el aire santos aromas manantiales de rocío fresco... Por el fondo verde de las eras cruza una zagala pecosa con su vaca bermeja del ronzal. Camina hacia la villa adonde va todos los amaneceres para vender la leche que ordeña ante las puertas. La vieja se acerca a la orilla del camino y llama dando voces:

—¡Eh, moza!... ¡Tú, rapaza de Cela!...

La moza tira del ronzal a su vaca y se detiene:

—¿Qué mandaba?

—Escucha una fabla...

Mediaba larga distancia y esforzaban la voz dándole esa pauta lenta y sostenida que tienen los cantos de la montaña. La vieja desciende algunos pasos pregonando esta prosa:

—¡Mía fe, no hacía cuenta de hallarte en el camino! Cabalmente voy adonde tu abuelo... ¿No eres tú nieta del Texelan de Cela?

—Sí, señora.

—Ya me lo parecías, pero como me va faltando la vista.

—A mí por la vaca se me conoce de bien lejos.
—Vaya, que la tienes reluciente como un sol. ¡San Clodio te la guarde!
—¡Amén!
—¿Tu abuelo demora en Cela?
—Demora en el molino, cabo de mi madre.
—Como mañana es la feria de Brandeso, estaba dudosa. Muy bien pudiera haber salido.
—Tomara el poder salir fuera de nuestro quintero.
—¿Está enfermo?
—Está muy acabado. Los años y los trabajos, que son muchos.
—¡Malpocado!
—Si tenía algún lino para tejer, lléveselo a mi tío Electus.
—Lino tengo. ¡Pasa bien de una docena de madejas! Mas el ir agora donde tu abuelo es solamente por ver si me da remedio contra el mal del ganado.
—Tanto no le podré decir. Remedio contra todos los males, así de natural como de brujería, en otro tiempo lo daba, mas agora ya no quiere curar como enantes. El nuevo abade llegóse una tarde por el quintero y quería descomulgarlo. Con todo no deje de ir a verle.
—Como me diese remedio, bien había de corresponder.
—Yo nada puedo decirle... Mas ya que tiene medio camino andado...

Y la moza con un grito acucia a la vaca. Después se vuelve hacia la vieja:
—¡Quede muy dichosa!
—¡El Señor te acompañe!

La vieja sigue andando. Sus ojos tristes y adustos contemplan el rebaño que va delante. Por los caminos lejanos pasan hacia la feria de Brandeso cuadrillas de hombres recios y voceadores, armados con luengas picas y cabalgando en jacos de áspero pelaje y enmarañada crin: Son vaqueros y chalanes. Sobre el pecho llevan cruzados ronzales y rendajes, y llevan los anchos chapeos sostenidos por rojos pañuelos a guisa de barboquejos. Pasan en tropel espoleando los jacos pequeños y trotinantes, con alegre son de espuelas y de bocados. Algunos labradores de Cela y de San Clodio pasan también guiando sus yuntas lentas y majestuosas, y mujeres asoleadas y rozagantes pasan con gallinas, con cabras, con centeno.

En la orilla del río algunos aldeanos esperan la barca sentados sobre la yerba a la sombra de los verdes y retorcidos mimbrales. La ventera busca sitio en el corro, y Adega, algo más apartada, quédase al cuidado del rebaño. Un ciego mendicante y ladino que arrastra luenga capa y cubre su cabeza con parda y puntiaguda montera, refiere historias de divertimiento a las mozas sentadas en torno suyo. Aquel viejo prosero tiene un grave perfil monástico, pero el pico de su montera parda, y su boca rasurada y aldeana, semejante a una gran sandía abierta, guardan todavía más malicia que sus decires, esos añejos decires de los jocundos arciprestes aficionados al vino y a las vaqueras y a rimar las coplas. Las aldeanas se alborozan y el ciego sonríe como un fauno viejo entre sus ninfas. Al oír los pasos de la ventera, interroga vagamente:

—¿Quién es?

La ventera se vuelve desabrida:

—Una buena moza.

El ciego sonríe ladino:

—Para el señor abade.

—Para dormir contigo. El señor abade ya está muy acabado.

El ciego pone una atención sagaz procurando reconocer la voz. La ventera se deja caer a su lado sobre la yerba, suspirando con fatiga:

—¡Asús! ¡Cómo están esos caminos!

Un aldeano interroga:

—¿Va para la feria de Brandeso?

—Voy más cerca...

Otro aldeano se lamenta:

—¡Válanos Dios, si esta feria es como la pasada!...

Una vieja murmura:

—Yo entonces vendí la vaca.
—Yo también vendí, pero fué perdiendo...
—¿Mucho dinero?
—Una amarilla redonda.
—¡Fué dinero, mi fijo! ¡Válate San Pedro!
Otro aldeano advierte:
—Entonces estaba un tiempo de aguas, y agora está un tiempo de regalía.
Algunas voces murmuran:
—¡Verdade!... ¡Verdade!...
Sucede un largo silencio. El ciego alarga el brazo hacia la ventera y queriendo alcanzarla, vuelve a interrogar:
—¿Quién es?
—Ya te dije que una buena moza.
—Y yo te dije que fueses adonde el abade.
—Déjame reposar primero.
—Vas a perder las colores.
Los aldeanos se alborozan de nuevo. El ciego permanece atento y malicioso, gustando el rumor de las risas como los ecos de un culto, con los ojos abiertos, inmóviles, semejante a un dios primitivo, aldeano y jovial.

## CAPÍTULO III

En la paz de una hondonada umbría, dos zagales andan encorvados segando el trébol oloroso y húmedo, y entre el verde de la yerba, las hoces brillan con extraña ferocidad. Un asno viejo, de rucio pelo y luengas orejas, pace gravemente arrastrando el ronzal, y otro asno infantil, con la frente aborregada y lanosa, y las orejas inquietas y burlonas, mira hacia la vereda erguido, alegre, picaresco, moviendo la cabeza como el bufón de un buen rey. Al pasar las dos mujeres uno de los zagales grita hacia el camino:

—¿Van para la feria de Brandeso?
—Vamos más cerca.
—¡Un ganado lucido!
—¡Lucido estaba!... ¡Agora le han echado una plaga, y vamos al molino de Cela!...
—¿Van adonde el saludador?... ¡A mi amo le sanó una vaca! Sabe palabras para deshacer toda clase de brujerías.
—¡San Berísimo te oiga!
—¡Vayan muy dichosas!

Las dos mujeres siguen adelante: Buscan la sombra de los valladares y desdeñan el ladrido de los perros que asoman feroces, con la cabeza erguida, arregañados los dientes. Las ovejas llenan el camino y pasan temerosas, con un dulce balido como en las viejas églogas. Los pardales revolotean a lo largo y se posan en bandadas sobre los valladares de laurel, derramando con el pico el agua de la lluvia que aún queda en las hojas. En una revuelta del río, bajo el ramaje de los álamos que parecen de plata antigua, sonríe un molino. El agua salta en la presa, y la rueda fatigada y caduca, canta el salmo patriarcal del trigo y la abundancia. Su vieja voz geórgica se oye por las eras y por los caminos. La molinera en lo alto del patín, desgrana mazorcas con la falda recogida en la cintura y llena de maíz. Grita desde lo alto al mismo tiempo que desgrana:

—¡Suras!... ¡Suras!...

Y arroja al viento un puñado de fruto que cae con el rumor de lluvia veraniega sobre secos follajes. Las gallinas acuden presurosas picoteando la tierra. El gallo canta. Las dos aldeanas salmodian en la cancela del molino:

—¡Santos y buenos días!

La molinera responde desde el patín:

—¡Santos y buenos nos los dé Dios!

A las salutaciones siguen las preguntas lentas y cantarinas. La ventera habla con una mano puesta sobre los ojos para resguardarlos del sol.

—¿Hay mucho fruto?

—¡Así hubiera gracia de Dios!

—¿Cuántas piedras muelen?

—Muelen todas tres: La del trigo, la del maíz y la del centeno.

—¡Conócese que trae agua la presa!

—En lo de agora no falta.

—¡Por algo decían los viejos que el hambre a esta tierra llega nadando!

La molinera baja a franquearles la cancela, pero la ventera y la zagala quedan en el camino hasta que una a una pasan las ovejas. Después, cuando el rebaño se extiende por la era, entran suspirando. La molinera hundía sus toscos dedos de aldeana en el vellón de los corderos:

—¡Lucido ganado!

—¡Lucido estaba!

—¿Por acaso hiciéronle mal de ojo?

—¡Todos los días se muere alguna oveja!

—¿Entonces, buscáis al abuelo?... Por ahí andaba... ¡Abuelo! ¡Abuelo!

Las tres mujeres esperan bajo el emparrado de la

puerta. El gallo canta subido al patín. Las gallinas aún siguen picoteando en la yerba, y la molinera les arroja los últimos granos de maíz que lleva en la falda. Por el fondo del huerto, bajo la sombra de los manzanos, aparece el abuelo, un viejo risueño y doctoral, con las guedejas blancas, con las arrugas hondas y bruñidas semejante a los santos de un antiguo retablo. Conduce lentamente, como en procesión, a la vaca y al asno que tienen en sus ojos la tristeza del crepúsculo campesino. Tras ellos camina el perro, que cauteloso va acercándose al rebaño y le ronda con las orejas gachas y la cola entre piernas. El viejo se detiene y levanta los brazos sereno y profético:

—¡Claramente se me alcanza que a este ganado vuestro le han hecho mal de ojo!...

La ventera murmura tristemente:

—¡Ay!... ¡Por eso he venido!...

El viejo inclina la cabeza. Las ovejas balan en torno suyo y las acaricia plácido y evangélico. Después murmura gravemente:

—¡No puedo valeros!... ¡No puedo valeros!...

La ventera suspira consternada:

—¿No sabe un ensalmo para romper el embrujo?

—Sé un ensalmo, pero no puedo decirlo. El señor abade estuvo aquí y me amenazó con la paulina... ¡No puedo decirlo!...

—¡Y hemos de ver cómo las ovejas se nos mueren una a una!... ¡Un ganado que daba gloria!...

—¡Sí que está lucido! ¿Aquel virriato es todavía cordero?

—¡Todavía cordero, sí señor!

—¿Y la blanca de los dos lechazos, parece cancina?

—¡Cancina, sí señor!

El viejo volvía a repetir:

—¡Sí que está lucido! ¡Un ganado de regalía!

Entonces la ventera, triste y resignada, volvióse a la zagala:

—Alcanza el virriato, rapaza...

Adega corrió asustando al perro, y trajo en brazos

un cordero blanco con manchas negras, que movía las
orejas y balaba. Al acercarse, en los ojos cobrizos de
su ama, donde temblaba la avaricia, vió como un grito
de angustia el mandato de ofrecérselo al viejo. El saludador lo recibió sonriendo:

—¡Alabado sea Dios!

—¡Alabado sea!

La ventera, arreglándose la cofia, dijo con malicia
de aldeana:

—Suyo es el cordero... ¡Mas tendrá que hacerle el
ensalmo para que no se muera como los míos!

El saludador sonreía pasando su mano temblorosa y
senil por el vellón de la res:

—Le haremos el ensalmo sin que lo sepa el señor
abade.

Y sentándose bajo su viña quitóse la montera, y con
el cordero en brazos, benigno y feliz como un abuelo
de los tiempos patriarcales, dejó caer una larga bendición sobre el rebaño que se juntaba en el centro de
la era yerma y silenciosa, dorada por el sol.

—¡Habéis de saber que son tres las condenaciones
que se hacen al ganado!... Una en las yerbas, otra en
las aguas, otra en el aire... ¡Este ganado vuestro tiene
la condenación en las aguas!

La ventera escuchaba al saludador con las manos juntas y los ojos húmedos de religiosa emoción. Sentía pasar sobre su rostro el aliento del prodigio. Un rayo de
sol atravesando los sarmientos de la parra, ponía un
nimbo de oro sobre la cabeza plateada del viejo. Alzó
los brazos, dejando suelto el cordero que permaneció
en sus rodillas.

—La condenación de las aguas solamente se rompe
con la primera luna, a las doce de la noche. Para ello
es menester llevar el ganado a que beba en fuente que
tenga un roble, y esté en una encrucijada...

Dejó de hablar el saludador, y el cordero saltó de sus
rodillas. La ventera, con el rostro resplandeciente de
fe, cavilaba recordando dónde había una fuente que

estuviese en una encrucijada y tuviera un roble, y entonces el saludador le dijo:

—La fuente que buscas está cerca de San Gundián, yendo por el Camino Viejo... Hace años había otras dos: Una en los Agros de Brandeso, otra en el Atrio de Cela, pero una bruja secó los robles.

Durante la conversa la pastora arreaba las ovejas que, afanosas por salir al camino, estrujábanse entre los quicios de la cancela.

## CAPÍTULO IV

Contaba la ventera los días esperando la primera luna para llevar sus ovejas a la fuente, donde había de romperse el hechizo. La pastora, sentada en el monte a la sombra de las piedras célticas doradas por líquenes milenarios, hilaba en su rueca y sentía pasar sobre su rostro el aliento encendido de las santas apariciones. Todos los anocheceres imaginábase que el peregrino volvería a subir aquel sendero trillado por los pastores, y nunca se realizó su ensueño. Sólo subían hacia la venta hombres de mala catadura. Lañeros encorvados y sudorosos que apuraban un vaso de vino y continuaban su ruta hacia la aldea, y mendigos que mostraban al descubierto una llaga sangrienta, y caldereros negruzcos que cabalgaban en jacos de áspero pelaje y tenían en el blanco de los ojos una extraña ferocidad. Adega, acurrucada en la cocina cerca del fuego, les oía disputar y amenazarse sin que nadie pusiese paz entre ellos. Después, sus ojos asustados adivinaban cómo aquellos hombres se avenían y se apaciguaban, reunidos en los rincones obscuros, y escuchaba el ruido del dinero que se repartían a hurto.

El hijo de la ventera había vuelto tras una larga ausencia. Adega cuando se reunía en el monte con otros pastores, oíales decir que anduviera en una cuadrilla de ladrones todo aquel tiempo. Los pastores referían historias que ponían miedo en el alma de la niña. Eran historias de caminantes que se hospedaban una noche en la venta y desaparecían, y de iglesias asaltadas, y de muertos que amanecían en los caminos. Un viejo que guardaba tres cabras grandes y negras, era quien mejor sabía aquellas historias. Adega pensaba todos los días en huir de la venta, pero temía que la alcanzasen de noche, perdida en algún camino solitario, y que también la matasen. Llena de fe ingenua esperaba que el peregrino llegaría para libertarla, y, dormida en el establo, sobre el oloroso monte de heno, suspiraba viéndole ya llegar en su sueño.

El peregrino se transfiguraba en aquellas visiones de la pastora. Nimbo de luceros circundaban su cabeza penitente, apoyábase en un bordón de plata, y eran áureas las conchas de su esclavina. Los rosarios, las cruces, las medallas que temblaban sobre su pecho derramaban un resplandor piadoso, y tenían el aroma de los cuerpos santos que habían tocado en sus sepulcros. El peregrino caminaba despacio y con fatiga por aquel sendero entre tojos. Las espinas desgarraban sus pies descalzos, y en cada gota de sangre florecía un lirio. Cuando entraba en el establo las vacas se arrodillaban mansamente, el perro le lamía las manos, y el mirlo, que la pastora tenía prisionero en una jaula de cañas, cantaba con dulcísimo gorjeo y su voz parecía de cristal. El peregrino llegaba para libertar a su sierva del cautiverio en que vivía, y también para castigar la dureza y la crueldad de los amos. Adega sentía que su alma se llenaba de luz, y al mismo tiempo las lágrimas caían en silencio de sus ojos. Lloraba por sus ovejas, por el perro, por el mirlo cantador que se quedaban allí. El peregrino adivinaba su pensamiento y desde el sendero volvía atrás los ojos, con lo cual bastaba para que se obrase el milagro. La pastora veía salir las ovejas una a una, y al mirlo que volaba hasta posársele en el hombro, y al perro aparecerse a su lado lamiéndole las manos.

Adega despertábase a veces en medio de su sueño y oía tenaces ladridos y trotar de caballos. Recordaba las siniestras historias que contaban los pastores, y permanecía temerosa, sin osar moverse, atenta a los rumores de la noche. Por la mañana al entrar en el aprisco, parecíale hallar la tierra removida, y creía ver en la yerba salpicaduras de sangre, borrosas por el rocío.

## CAPÍTULO V

Cantó un gallo, después otro. Era media noche: La vasta cocina de la venta aparecía desierta. Adega, que dormitaba sentada al pie del fuego, incorporóse con sobresalto oyendo a la dueña que le daba voces:

—¡Adega!... ¡Adega!...

—¡Mande mi ama!

—Entra en la tenada y saca para el campo las ovejas. ¿No sabes que hoy es la primera luna?

Adega se restregaba los ojos cargados de sueño:

—¿Qué decía mi ama?

—¡Que saques las ovejas para el campo! Vamos a la fuente de San Gundián.

Adega obedeció en silencio. La ventera aún rezongaba:

—¡Bien se alcanza que no son tuyas las ovejas! Tú dejaríaslas morir una a una sin procurarle remedio... ¡Ay, mi alma!

Adega sacó las ovejas al campo. Era una noche de montaña, clara y silenciosa, blanca por la luna. Las ovejas se juntaban en mitad del descampado como destinadas a un sacrificio en aquellas piedras célticas que doraban líquenes milenarios. La vieja y la zagala bajaron por el sendero. El rebaño se apretaba con tímido balido, y el tremante campanilleo de las esquilas despertaba un eco en los montes lejanos donde dormían los lobos. El perro caminaba al flanco, fiero y roncador, espeluznado el cuello en torno del ancho dogal guarnecido de hierros. La ventera llevaba encendido un hachón de paja, porque el fuego arredrase a los lobos. Las dos mujeres caminaban en silencio, sobrecogidas por la soledad de la noche y por el misterio de aquel maleficio que las llevaba a la fuente de San Gundián.

Desde lejos se distinguía la espadaña de la iglesia dominando las copas oscuras de los viejos nogales. Destacábase sobre el cielo que argentaba la luna, y percibíase el azul de la noche estrellada por los dos arcos que sostenían las campanas, aquellas campanas de aldea, piadosas, madrugadoras, sencillas como dos viejas centenarias. El atrio era verde y oloroso, todo cubierto de sepulturas. A espaldas de la iglesia estaba la fuente sombreada por un nogal que acaso contaba la edad de las campanas, y bajo la luz blanca de la luna, la copa oscura del árbol extendíase patriarcal y clemente sobre las aguas verdeantes que parecían murmurar un cuento de brujas.

La vieja y la zagala, al encontrarse delante del atrio, se santiguaron devotas y temerosas. Las ovejas, que entraban apretándose por la cancela, derramábanse después en holganza, mordiendo la yerba lozana que crecía entre las sepulturas. Las dos mujeres corrieron de un lado al otro por juntar el rebaño y luego lo guiaron hasta la fuente donde las ovejas habían de beber para que quedase roto el hechizo. Las ovejas acudían solícitas rodeando la balsa, y en el silencio de la noche sentíase el rumor de las lenguas que rompían el místico cristal de la fuente. La luna espejábase en el fondo, inmóvil y blanca, atenta al milagro.

Mientras bebía el ganado, las dos mujeres rezaban en voz baja. Después, silenciosas y sobrecogidas por el aliento sobrenatural del misterio, salieron del atrio. El rebaño ondulaba ante ellas. La luna se ocultaba en el horizonte, el camino oscurecía lentamente, y en los pinares negros y foscos se levantaba gemidor el viento. Las eras encharcadas y desiertas ya habían desaparecido en la noche, y a lo lejos brillaban los fachicos de paja con que se alumbraban los mozos de la aldea que volvían de rondar a las mozas. Las dos mujeres, siempre en silencio, seguían tras el rebaño atentas a que ninguna oveja se descarriase. Cuando llegaron al descampado de la venta, ya todo era oscuridad en torno. Brillaban sólo algunas estrellas remotas, y en la soledad del paraje oíase bravío y ululante el mar lejano, como si fuese un lobo hambriento escondido en los pinares.

La vieja llamó en el portón con el herrado zueco: Tardaban en abrir y llamó otras muchas veces, acompañada por los ladridos del perro. Al cabo acudieron de dentro, sintióse rechinar el cerrojo, y el hijo de la ventera asomó en el umbral. Destacábase sobre el rojizo resplandor de la jara que restallaba en el hogar, con un pañuelo atado a la frente y los brazos desnudos, llenos de sangre. Adega sintió que el miedo la cubría como un pájaro negro que extendiese sobre ella las alas. La ventera interrogó en voz baja:

—¿Quién ha llegado?

El mozo repuso con un reír torcido:

—¡Nadie!...

—¿Y esa matanza?

—He desollado la cabra machorra.

# TERCERA ESTANCIA

## CAPÍTULO I

Una tarde, sentada en el atrio de San Clodio, a la sombra de los viejos cipreses, Adega hilaba en su rueca, copo tras copo, el lino del último espadar. En torno suyo pacían y escarbaban las ovejas, y el mastín, echado a sus pies, se adormecía bajo el tibio halago del sol poniente que empezaba a dorar las cumbres de los montes. Avizorado de pronto espeluznó las mutiladas orejas, incorporóse y ladró. Adega, sujetándole del cuello, miró hacia el camino en confusa espera de una ideal ventura. Miró y las violetas de sus ojos sonrieron, y aquella sonrisa de inocente arrobo tembló en sus labios y como óleo santo derramóse por su faz. El peregrino subía hacia el atrio: La morena calabaza oscilaba al extremo de su bordón y las conchas de su esclavina tenían el resplandor piadoso de antiguas oraciones. Subía despacio y con fatiga. Al andar, la guedeja penitente oscurecíale el rostro, y las cruces y las medallas de los rosarios que llevaba al cuello sonaban como un pregón misionero. La pastora llegó corriendo y se arrodilló para besarle las manos. Quedándose hinojada sobre la yerba, murmuró:

—¡Alabado sea Dios!... ¡Cómo viene de los tojos y las zarzas!... ¡Alabado sea Dios!... ¡Cuántos trabajos pasa por los caminos!...

El mendicante inclinó la cabeza asoleada y polvorienta:

—En esta tierra no hay caridad... Los canes y los rapaces me persiguen a lo largo de los senderos. Los hombres y las mujeres asoman tras de las cercas y de los valladares para decirme denuestos. ¿Podré tan siquiera descansar a la sombra de estos árboles? ¿Y tú, querrás concederme esta noche hospedaje en el establo?

—¡Ay, señor, fuera el palacio de un rey!

El alma de la pastora sumergíase en la fuente de la gracia, tibia como la leche de las ovejas, dulce como la miel de las colmenas, fragante como el heno de los establos. Sobre su frente batía como una paloma de blancas alas la oración ardiente de la vieja Cristiandad, cuando los peregrinos iban en los amaneceres cantando por los senderos florecidos de la montaña. El mendicante, con la diestra tendida hacia el caserío, ululó rencoroso y profético:

—¡Ay de esta tierra!... ¡Ay de esta gente que no tiene caridad!

Cobró aliento en largo suspiro, y apoyada la frente en el bordón, otra vez clamó:

—¡Ay de esta gente!... ¡Dios la castigará!

Adega juntó las manos candorosa y humilde:

—Ya los castiga, señor. Mire cómo secan los castañares... Mire cómo perecen las vides... ¡Esas plagas vienen de muy alto!

—Otras peores tienen que venir. Se morirán los rebaños sin quedar una triste oveja, y su carne se volverá ponzoña... ¡Tanta ponzoña, que habrá para envenenar siete reinos!...

—¿Y no se arrepentirán?

—No se arrepentirán. Son muchos los hijos del pecado. La mujer yace con el rey de los infiernos, con el Gran Satanás, que toma la apariencia de un galán muy cumplido. ¡No se arrepentirán! ¡No se arrepentirán!

El peregrino descubrióse la cabeza, echó el sombrero encima de la yerba y se acercó a la fuente del atrio con ánimo de apagar la sed. Adega le detuvo tímidamente:

—Escuche, señor... ¿No quiere que le ordeñe una oveja? Repare aquella de los dos corderos qué ricas ubres tiene. ¡La leche que da es tal como manteca!

El peregrino se detuvo y miró con avaricia al rebaño

que se apretaba sobre una mancha de césped, en medio del atrio:

—¿Cuál dices, rapaza?

—Aquella blanca del cordero virriato.

—¿Y podrás ordeñarla?

—¡Asús, señor!

Y la pastora, al mismo tiempo que se acercaba a la oveja, iba llamándola amorosamente:

—¡Hurtada!... ¡Ven, Hurtada!...

La oveja acudió dando balidos, y Adega, para sujetarla, enredóle una mano al vellón.

## CAPÍTULO II

Los ojos del peregrino estaban atentos a la pastora y a la oveja. Hallábase detenido en medio del atrio, apoyado en el lustroso bordón, descubierta la cabeza polvorienta y greñuda. Adega seguía repitiendo por veces:

—¡Quieta, Hurtada!

El mendicante preguntó con algún recelo:

—Oye, rapaza, ¿por ventura no era tuya la res?

—¡Mía no es ninguna!... Son todas del amo, señor. ¿No sabe que yo soy la pastora?

Y bajó los ojos acariciando el hocico de la oveja que alargaba la lengua y le lamía las manos. Después, para ordeñarla, se arrodilló sobre la yerba. El añoto retozaba junto al ijar de la madre y la pastora le requería blandamente:

—¡Sus! ¡Está quedo!... ¡Ay, Hurtado!...

—¿Por qué le dices con tal nombre de Hurtado?

Adega levantó hasta el peregrino las tímidas violetas de sus ojos:

—No piense mal, señor...

—¿Mas de quién era antaño la oveja?

—Antaño fué de un pastor... El pastor que la vendió al amo con aquellas otras cuatro... Llámase él Hurtado, y vive al otro lado del monte.

—¡Buenas reses!... Parecen todas ellas de tierra castellana.

—De tierra castellana son, mi señor. ¡San Clodio las guarde!

Piadosa y humilde se puso a ordeñar la leche en el cuenco de corcho labrado por un boyero muy viejo que era nombrado en todo el contorno. Mientras el corcho se iba llenando con la leche tibia y espumosa, decía la pastora:

—¿Ve aquellas siete ovejas tan lanares?... A todas las llamamos Dormidas, porque siendo corderas vendióselas al amo un rabatán que cuando vuelve de la feria en su buena mula, siempre acontece que se queda traspuesto, y ya todos lo saben...

Se levantó, y con los ojos bajos y las mejillas vergonzosas, presentó al mendicante aquel don de su oveja. Bebió el peregrino con solaz, y como hacía reposorios para alentarse, murmuraba:

—¡Qué regalía, rapaza!... ¡Qué regalía!

Cuando terminó, la pastora apresuróse a tomarle el cuenco de las manos:

—¿Quiere que le ordeñe otra oveja?

—No es menester. ¡El Apóstol Santiago te lo recompense!

Adega sonreía. Después llegóse a la fuente del atrio cercada por viejos laureles, y llenando de agua el corcho que el peregrino santificara, bebió feliz y humilde, oyendo al ruiseñor que cantaba escondido. El peregrino siguió adelante por el camino que trajera, un camino llano y polvoriento entre maizales. Los ojos de la pastora fueron tras él, hasta que desapareció en la revuelta.

—¡El Santo Apóstol le acompañe!

Suspirosa llamó al mastín, y acudió a reunir el hato esparcido por todo el campo de San Clodio. Un cordero balaba encaramado sobre el muro del atrio, sin atreverse a descender. Adega le tomó en brazos, y acariciándole fué a sentarse un momento bajo los cipreses. El cordero, con movimientos llenos de gracia, ofrecía a los dedos de la pastora el picaresco testuz marcado con una estrella blanca. Cuando perdió toda zozobra, huyó haciendo corcovos. Adega alzó la rueca del césped y continuó el hilado.

Allá en la lejanía, por la falda del monte, bajaban esparcidos algunos rebaños que tenían el aprisco distante y se recogían los primeros. Oíase en la quietud apacible de la tarde el tañido de las esquilas y las voces con que los zagales guiaban. Adega arreó sus ovejas, y antes de salir al camino las llevó a que bebiesen en la fuente del atrio. Bajo los húmedos laureles, la tarde era azul y triste como el alma de una santa princesa. Las palomas familiares venían a posarse en los cipreses venerables, y el estremecimiento del negro follaje al recibirlas uníase al murmullo de la fuente milagrosa cercada de laureles, donde una mendiga sabia y curandera ponía a serenar el hinojo tierno con la malva de olor. Y el sonoro cántaro cantaba desbordando con alegría campestre bajo la verdeante teja de corcho que aprisionaba y conducía el agua. Las ovejas bebían con las cabezas juntas, apretándose en torno del brocal cubierto de musgo. Al terminar se alejaban hilando agua del hocico y haciendo sonar las esquilas. Sólo un cordero no se acercó a la fuente. Arrodillado al pie de los laureles, quejábase con moribundo balido, y la pastora, con los ojos fijos en el sendero por donde se alejó el peregrino, lloraba cándidamente. ¡Lloraba porque veía cómo las culpas de los amos eran castigadas en el rebaño por Dios Nuestro Señor!

## CAPÍTULO III

Adega recorría el camino de la venta cargada con el cordero que lanzaba su doliente balido en la paz de la tarde. Temerosa de los lobos, daba voces a unos zagales para que la esperasen. Se reunió con ellos acezando:

—¿Van para San Clodio?

Un pastor viejo repuso gravemente:

—Esa intención hacemos, agora lo que sea, solamente lo sabe Dios. ¿Y tú, subes para la venta?

—Subo, sí, señor...

—Pues cuida que no se envuelvan los rebaños.

—Por eso no tenga duda.

Adega respondía casi sin aliento, agobiada bajo el peso del cordero, que seguía balando tristemente. El viejo, después de caminar algún tiempo en silencio, interrogó:

—¿Qué tiene esa res?

—No sabré decirle qué mal tiene.

—¿Entróle de pronto?

—De pronto, sí, señor...

Los rebaños ondulaban por un sendero de verdes orillas, largo y desierto, que allá en la lontananza aparecía envuelto en el rosado vapor de la puesta solar. De tiempo en tiempo los zagales corrían dando voces y agitando los brazos para impedir que los rebaños se juntasen. Después volvía a reinar el silencio de la tarde en los montes que se teñían de amatista. Extendíase en el aire una palpitación de sombra azul, religiosa y mística como las alas de esos pájaros celestiales que al morir el día vuelan sobre los montes llevando en el pico la comida de los santos ermitaños. Adega, al comienzo de una cuesta, tuvo que sentarse en la orilla del camino y posar el cordero sobre la yerba, suspirando con fatiga. El viejo le dijo:

—¡Anda, rapaza, que poco falta!

Ella repuso llorosa:

—No puedo más, señor...

Y quedó sola, sentada al abrigo de un valladar. Sus ojos tristes miraban alejarse a los otros pastores. Empezaba a oscurecer, y muerta de miedo volvió a ponerse en camino antes que desapareciesen en una revuelta, pero la noche se los alejaba cada vez más. Corrió para alcanzarlos:

—¡No me dejar aquí sola! ¡Esperadme! ¡Esperadme!

Sus gritos hallaban un eco angustioso en la soledad del camino, y cuando callaba para cobrar aliento, resonaban los balidos del cordero más tristes y apagados por instantes. La voz del pastor alzóse en la oscuridad:

—Anda, rapaza, que ya te esperamos.

Adega corría arreando sus ovejas, y para sentir menos el miedo hablaba a desgarrados gritos con los zagales, que respondían cada vez de más lejos:

—¡Corre, Adega!... ¡Corre!...

De esta suerte, sin conseguir alcanzarlos, arreando afanosa su rebaño, llegó al descampado donde estaba la venta. Hallábase abierto el portalón, y desde el camino distinguíase el resplandor del hogar. La ventera, advertida por el son de las esquilas, salió al umbral. Adega acudió a ella murmurando en voz baja y religiosa:

—¡Vea este corderillo!... Dióle el mal que a los otros, mi ama.

La vieja tomóle en brazos con amoroso desconsuelo, y entró de nuevo en la cocina. Sentada al pie del fuego repetía una y otra vez, al mismo tiempo que trazaba en el testuz del cordero el círculo del Rey Salomón:

—¡Brujas, fuera! ¡Brujas, fuera! ¡Brujas, fuera!

Un mozo montañés, de Lugar de Condes, que hacía huelgo en la venta, murmuró con apagada y mansa voz:

—¡Conócese que le echaron una fada al corderillo!...
Y como nadie le respondiese, quedó silencioso, contemplando el fuego. Era un zagal agigantado y fuerte, con los ojos llenos de ingenuidad, y la boca casta y encendida. La barba rizada y naciente, que tenía el color del maíz, orlaba apenas su rostro bermejo. Se dirigía a la villa, con un lobo que había matado en el monte, para demandar los aguinaldos de puerta en puerta. Después de mirar largamente el fuego, murmuró:

—Yo tuve un amo a quien le embrujaron todo un rebaño.

El hijo de la ventera, que estaba echado sobre un arcón en el fondo de la cocina, se incorporó lentamente:

—¿Y tu amo qué hizo?

—Pues verse con quien se lo tenía embrujado y darle una carga de trigo porque lo libertase. Mi amo no sabía quién fuese, pero una saludadora le dijo que cogiera la res más enferma y la echare viva en una fogata. Aquella alma que primero acudiere al oír los balidos, aquella era...

—¿Y acudió?

—Acudió.

—¿Y tu amo dióle una carga de trigo?

—No lo pudo hacer por menos.

—¡Malos demonios lo lleven!

Y volvió a recostarse sobre el arcón. El montañés se había levantado para irse. Su sombra cubría toda la pared de la cocina. Ayudándose con un grito, echóse a la espalda el lobo muerto que tenía a sus pies, empuñó el hocino que llevaba calzado en un largo palo, y salió. Desde la puerta volvióse murmurando con su voz infantil y cansada:

—¡Queden a la paz de Dios!

Solamente respondió Adega, que volvía de encerrar el ganado:

—¡Vaya muy dichoso, en su santa compaña!

## CAPÍTULO IV

Sentada ante la puerta del establo, Adega esperaba al peregrino que le había demandado albergue aquella tarde al mostrársele en el atrio de San Clodio. El mastín velaba echado a sus plantas. Caía sobre el descampado la luz lejana de la luna y oíase el mar, también lejano. De pronto la pastora tembló con medrosa zozobra. Abríase la puerta de la venta. El ama asomaba con un haz de paja, y en mitad del raso encendía una hoguera. Encorvada sobre el fuego, iba añadiendo brazados de jara seca, mientras el hijo, allá en el fondo arrebolado de la cocina, sujetaba las patas del cordero con la jereta de las vacas. Adega escuchaba conmovida el trémulo balido, que parecía subir llenando el azul de la noche, como el llanto de un niño. Restallaba la jara entre las lenguas de la llama, y la vieja limpiábase los ojos que hacía llorar el humo. El hijo asomóse en la puerta, y desde allí, cruel y adusto, arrojó el cordero en medio de la hoguera. Adega se cubrió el rostro horrorizada. Los balidos se levantaron de entre las llamas, prolongados, dolorosos, penetrantes. La vieja atizaba el fuego, y con los ojos encendidos vigilaba el camino que se desenvolvía bajo la luna, blanquecino y desierto. De pronto llamó al hijo:

—Mira allí, rapaz.

Y le mostraron una sombra alta y desamparada que parecía haberse detenido a lo lejos. El mozo murmuró:

—Deje que llegue quien sea...

—¡Puede ser que recele y se vuelva!

Adega suspiraba sin valor para mirar hacia el camino. Su corazón se estremecía adivinando que era el peregrino quien llegaba. Juntó las manos para rezar, pero en aquel momento la ventera le gritó:

—Recógete a dormir, rapaza. ¡Mañana tienes que madrugar con el sol!

Se incorporó obediente, y sus ojos de violeta miraron en torno con amoroso sobresalto. El peregrino estaba detenido en medio de aquel sendero donde se había mostrado a la pastora por primera vez. Adega quedó un momento contemplándole. Luego entró en el establo y fué a echarse sobre el monte de heno. Suspirando reclinó la cabeza en aquella olorosa y regalada frescura. El mastín comenzó a ladrar arañando la puerta, que sólo estaba arrimada y cedió lentamente. Adega se incorporó. Sobre el umbral del establo temblaba el claro de la luna, lejano y cándido como los milagros que soñaba aquella pastora de cejas de oro y maravillada sonrisa.

Cesaron poco a poco los balidos del cordero, y por el descampado cruzó el hijo de la ventera con una hoz al hombro. Adega sintió miedo, y toda estremecida cerró los ojos. Permaneció así mucho tiempo. Le parecía que estuviese atada sobre el monte de heno. El sopor del sueño la vencía con la congoja y la angustia de un desmayo. Era como si lentamente la cubriesen toda entera con velos negros, de sombras pesadas y al mismo tiempo impalpables. De pronto se halló en medio de una vereda solitaria. Iba caminando guiada por el claro de la luna que temblaba milagroso ante sus zuecos de aldeana. Sentíase el rumor de una fuente rodeada por árboles llenos de cuervos. El peregrino se alejaba bajo la sombra de aquellos ramajes. Las conchas de su esclavina resplandecían como estrellas en la negrura del camino. Una manada de lobos rabiosos, arredrados por aquella luz, iba detrás... Súbitamente la pastora se despertó. El viento golpeaba la puerta del establo, y fué a cerrarla. En medio del descampado brillaban las últimas brasas de la hoguera. La voz del mar resonaba cavernosa y lejana. Una sombra llamaba sigilosa en la venta. La hoz que tenía al hombro brillaba en la noche con extraña ferocidad. De dentro abrieron sin ruido, y hubo un murmullo de voces. Adega las reconoció. El hijo decía:

—Esconda la hoz.

Y la madre:

—Mejor será enterrarla.

Pavorida se lanzó al campo, y corrió, guiada del presentimiento, bajo la luna blanca, en la noche del monte sagrada de terrores.

## CAPÍTULO V

Y amanecía cuando la pastora, después de haber corrido todo el monte, llegaba desfallecida y llorosa al borde de una fuente. Al mismo tiempo que reconocía el paraje de su sueño, vió el cuerpo del peregrino tendido sobre la yerba. Conservaba el bordón en la diestra, sus pies descalzos parecían de cera, y bajo la guedeja penitente, el rostro se perfilaba cadavérico. Adega cayó de rodillas:

—¡Dios Nuestro Señor!

Trémulas y piadosas, sus manos apartaban la guedeja llena de tierra y de sangre, pegada sobre la yerta faz que besó con amorosa devoción, llorando sobre ella:

—¡Cuerpo bendito!... ¿Dónde habéis topado con los verdugos de Jerusalén?... ¡Qué castigo tan grande habrán de tener!... ¡Y cómo ellos vos dejaron cuitado del mío querer! Un ángel bajará del cielo, y cargados de fierros los llevará por toda la Cristiandad, y no habrá parte ninguna de donde no corran a tirarles piedras... ¡Luz de mis tristes ojos!... ¡Mi señor! ¡Mi gran señor!

Sobre su cabeza los pájaros cantaban saludando el amanecer del día. Dos cabreros madrugadores conducían sus rebaños por la falda de una loma. El humo se levantaba tenue y blanco en las aldeas distantes, y todavía más lejos levantaban sus cimas ungidas por el ámbar de la luz los cipreses de San Clodio Mártir. Algunas aldeanas bajaban a la fuente para llenar sus cántaros, y al oír los gritos de la pastora, interrogaban desde el camino, pálidas y asustadas:

—¿Qué te acontece, Adega?

Adega, arrodillada sobre la yerba, tendía los brazos desesperada sobre el cuerpo del peregrino:
—¡Mirad! ¡Mirad!
—¿Está frío?
La pastora sollozaba:
—¡Está frío como la muerte!
—¿Era algo tuyo?
—Era Dios Nuestro Señor.
Las aldeanas la miraban supersticiosas y desconfiadas. Descendían santiguándose:
—¿Qué dices, rapaza?
Adega gritaba con la boca convulsa:
—¡Era Dios Nuestro Señor! Una noche vino a dormir conmigo en el establo. Tuvimos por cama un monte de heno.

Y levantaba el rostro transfigurado, con una llama de mística lumbre en el fondo de los ojos, y las pestañas de oro guarnecidas de lágrimas. Las mujerucas volvían a santiguarse:
—¡Tú tienes el mal cativo, rapaza!
Y la rodeaban, apoyados los cántaros en las caderas, hablándose en voz baja con un murmullo milagrero y trágico. La pastora, de hinojos sobre la yerba, clamaba:
—¡Cuidade! Ya veréis cómo los verdugos han de sufrir todos los trabajos de este mundo, y al cabo han de perecer arrastrados por los caminos. ¡Y nacerán las ortigas cuando ellos pasen!...
Las mujerucas, incrédulas y cándidas, volvían a decirle:
—¿Pero era algo tuyo?
Adega se erguía sobre las rodillas, gritando con la voz ya ronca:
—¡Era Dios Nuestro Señor!... ¿Vosotras sois capaces de negarlo? ¡Arrastradas os veréis!
Las mujeres, después de oírla, salían lentamente del corro, y mientras llenaban los cántaros en la fuente, hacían su comento, la voz asombrada y queda:
—Ese peregrino llevaba ya tiempo corriendo por estos contornos.

—¡Famoso prosero estaba!
—¡Y la rapaza, cómo diz que era Dios Nuestro Señor?
—La rapaza tiene el mal cativo.
—¡San Clodio Glorioso, y puede ser que lo tenga!
Las mujerucas hablaban reunidas en torno de la fuente, sus rostros se espejaban temblorosos en el cristal, y su coloquio parecía tener el misterio de un cuento de brujas. El agua, que desbordaba en la balsa, corría por el fondo de una junquera, deteniéndose en remansos y esmaltando flores de plata en los céspedes.

## CAPÍTULO VI

La pastora ya no tornó a la venta. Anduvo perdida por los caminos clamando su cuita, y durmió en los pajares, donde le daban albergue por caridad. Los aldeanos que trabajaban los campos, al divisarla desde lejos, abandonaban su labor, y pausadamente venían a escucharla desde el lindar de los caminos. Adega cruzaba trágica y plañidera:

—¡Todos lo veréis, el lindo infante que me ha de nacer!... Conoceréisle porque tendrá un sol en la frente. ¡Nacido será de una pobre pastora y de Dios Nuestro Señor!

Los aldeanos se santiguaban supersticiosos:

—¡Pobre rapaza, tiene el mal cativo!

Adega, jadeante, con los pies descalzos, con los brazos en alto, con la boca trémula por aquellos gritos proféticos, se perdía a lo largo de los caminos. Sólo hacía algún reposo en el monte con los pastores. Sentada al abrigo de las viejas piedras célticas, les contaba sus sueños. El sol se ponía y los buitres que coronaban la cumbre batían en el aire sus alas, abiertas sobre el fondo encendido del ocaso:

—¡Será un lindo infante, lindo como el sol! ¡Ya una vez lo tuve en mis brazos! ¡La Virgen María me lo puso en ellos! ¡Rendidos me quedaron de lo bailar!

Un pastor viejo le replicaba:

—¿Cómo lo tuviste en brazos, si no es nacido? ¡Ay, rapaza, busca un abade que te diga retorneada la oración de San Cidrán!

Y otro pastor con los ojos en lumbre repetía:

—¡Muy bien pudo ser aparición de milagro! ¡Aparición de milagro pudo ser!

Adega clamaba:

—Estas manos mías lo bailaron, y era su risa un arrebol.

La fe de aquellos relatos despertaba la cándida fantasía de los pastores que, sentados en torno sobre la yerba, la contemplaban con ojos maravillados y le ofrecían con devoto empeño la merienda de sus zurrones. Después, ellos también contaban milagros y prodigios. Historias de ermitaños, de tesoros ocultos, de princesas encantadas, de santas apariciones. Un viejo, que llevaba al monte tres cabras negras, sabía tantas, que un día entero, de sol a sol, podía estar contándolas. Tenía cerca de cien años, y muchas de sus historias habían ocurrido siendo él zagal. Contemplando sus tres cabras negras, el viejo suspiraba por aquel tiempo, cuando iba al monte con un largo rebaño que tenían en la casa de sus abuelos. Un coro infantil de pastores escuchaba siempre los relatos del viejo. Había sido en aquel buen tiempo lejano cuando se le apareciera una dama sentada al pie de un árbol, peinando los largos cabellos con peine de oro. Oyendo al viejo, algunos pastores murmuraban con ingenuo asombro.

—¡Sería una princesa encantada!

Y otros, sabedores del suceso, contestaban:

—¡Era la reina mora, que tiene prisionera un gigante alarbio!...

El viejo asentía moviendo gravemente la cabeza, daba una voz a sus tres cabras para que no se alejasen, y proseguía:

—¡Era la reina mora!... A su lado, sobre la yerba, tenía abierto un cofre de plata lleno de ricas joyas que rebrillaban al sol... El camino iba muy desviado, y la dama, dejándose el peine de oro preso en los cabellos, me llamó con la su mano blanca, que parecía una paloma en el aire. Yo, como era rapaz, dime a fujir, a fujir...

Y los pastores interrumpían con candoroso murmullo:

—¡Si a nos quisiera aparecerse!

El viejo respondía con su entonación lenta y religiosa, de narrador milenario:

—¡Cuantos se acercan, cuantos perecen encantados!

Y aquellos pastores que habían oído muchas veces la misma historia, se la explicaban a los otros pastores, que nunca la habían oído. El uno decía:

—Vos no sabéis que para encantar a los caminantes, con su gran fermosura los atrae.

Y otro agregaba:

—Con la riqueza de las joyas que les muestra, los engaña.

Y otro más tímidamente advertía:

—Tengo oído que les pregunta cuál de todas sus joyas les place más, y que ellos, deslumbrados viendo tantos broches, y cintillos y ajorcas, y joyeles, pónense a elegir, y así quedan presos en el encanto.

El viejo dejaba que los murmullos se acallasen, y proseguía con su vieja inventiva, llena de misterio la voz:

—Para desencantar a la reina y casarse con ella, bastaría con decir: Entre tantas joyas, sólo a vos quiero, señora reina. Muchos saben aquesto, pero cegados por la avaricia se olvidan de decirlo y pónense a elegir entre las joyas...

El murmullo de los zagales volvía a levantarse como un deseo fabuloso y ardiente:

—¡Si a nos quisiese aparecerse!

El viejo los miraba compasivo:

—¡Desgraciados de vos! El que ha de romper ese encanto no ha nacido todavía...

Después, todos los pastores, como si un viento de ensueño removiese el lago azul de sus almas, querían recordar otros prodigios. Eran siempre las viejas historias de los tesoros ocultos en el monte, de los lobos rabiosos, del santo ermitaño por quien al morir habían doblado solas las campanas de San Gundián: ¡Aquellas campanas que se despertaban con el sol, piadosas, madrugadoras, sencillas como dos abadesas centenarias! Adega escuchaba atenta estos relatos que extendían ante sus ojos como una estela de luz, y cuando tornaba a recorrer los caminos, las princesas encantadas eran santas doncellas que los alarbios tenían prisioneras, y los tesoros escondidos iban a ser descubiertos por las ovejas escarbando en el monte, y con ellos haríase una capilla de plata, que tendría el tejado todo de conchas de oro:

—¡En esa capilla bautizaráse aquel hijo que me conceda Dios Nuestro Señor! ¡Vosotros lo habéis de alcanzar! Tocarán solas las campanas ese amanecer, y resucitará aquel santo peregrino que los judíos mataron a la vera de la fuente. ¡Vosotros lo habéis de ver!

Y jadeante, con los pies descalzos, con los brazos en alto, con la boca trémula, se perdía clamando sus voces, a lo largo de los caminos.

# CUARTA ESTANCIA

## CAPÍTULO I

Con las luces del alba se despierta Adega. El rocío brilla sobre el oro de sus cabellos. Ha dormido al borde de un sendero, después de vagar perdida por el campo, y sus ojos, donde aún queda el miedo de la noche, miran en torno reconociendo el paraje y las casas distantes de la aldea. Una vieja camina con su nieto de la mano, por el sendero. Adega, viéndola llegar, se incorpora entumecida de frío:

—¿Van para la villa?

—Para allá vamos.

—Yo también tengo de ir.

La vieja y el niño siguen andando. Adega sacude sobre una piedra los zuecos llenos de arena, y se los calza. Después da una carrera para alcanzar a la vieja que camina encorvada, exhortando al niño que llora en silencio, balanceando la cabeza:

—Agora que comienzas a ganarlo, has de ser humildoso, que es ley de Dios.

—Sí, señora, sí...

—Has de rezar por quien te hiciere bien y por el alma de sus difuntos.

—Sí, señora, sí...

—En la feria de San Gundián, si logras reunir para ello, has de comprarte una capa de juncos, que las lluvias son muchas.

—Sí, señora, sí...

—Para caminar por las veredas has de descalzarte los zuecos.

—Sí, señora, sí...

La soledad del camino hace más triste aquella salmodia infantil, que parece un voto de humildad, de resignación y de pobreza hecho al comenzar la vida. La vieja arrastra penosamente las madreñas que choclean en las piedras del camino, y suspira bajo el mantelo que lleva echado por la cabeza. El nieto llora y tiembla de frío: Va vestido de harapos. Es un zagal albino, con las mejillas asoleadas y pecosas. Lleva trasquilada sobre la frente, como un siervo de otra edad, la guedeja lacia y pálida, que recuerda las barbas del maíz. La abuela y el nieto siguen siempre una orilla del sendero, y por la otra orilla, caminando a su par, va la pastora. Después de algún tiempo, la vieja le habla así:

—¿Tú por qué no buscas un amo y dejas de andar por los caminos, rapaza?

Adega baja los ojos. Aquel consejo de la vieja lo escucha en todas partes, lo mismo en las puertas donde se detiene a pedir limosna, que en las majadas donde es acogida por la noche, y siempre responde igual, con las pestañas de oro temblando sobre la flor triste de sus pupilas:

—Ya lo busco, mas no lo topo.

La vieja murmura sentenciosa:

—Los amos no se topan andando por los caminos. Así tópanse solamente moras en los zarzales.

Y sigue en silencio, con su nieto de la mano. Óyese distante el ladrido de los perros y el canto de los gallos. Lentamente el sol comienza a dorar la cumbre de los montes. Brilla el rocío sobre la yerba, revolotean en torno de los árboles con tímido aleteo los pájaros nuevos, ríen los arroyos, murmuran las arboledas, y aquel camino de verdes orillas, triste y desierto, se despierta como viejo camino de sementeras y de vendimias. Rebaños de ovejas suben por la falda del monte, y mujeres cantando van para el molino con maíz y con centeno. Por medio del sendero cabalga lentamente el Señor Arcipreste, que se dirige a predicar en una fiesta de aldea. A su paso salmodian la vieja, la pastora y el nieto:

—¡Santos y buenos días nos dé Dios!

El Señor Arcipreste refrena la yegua de andadura mansa y doctoral:

—¿Vais de feria?

La vieja responde:

—¡Los pobres no tenemos que hacer en la feria! Vamos a la villa buscando amo para el rapaz.

—¿Sabe la doctrina?

—Sabe, sí, señor. La pobreza no quita el ser cristiano.

—¡Y la rapaza, qué hace?

—La rapaza no es sangre mía. A la cuitada dale por veces un ramo cativo.

Adega escucha con los ojos bajos. El Señor Arcipreste la interroga con indulgente gravedad:

—¿No tienes padres?

—No, señor.

—¿Y qué haces?

—Ando a pedir...

—¿Por qué no buscas un amo?

—No lo topo...

—¡Válate Dios! Pues hay que sacarse de correr por los caminos.

El Señor Arcipreste deja caer una lenta bendición, y se aleja el paso majestuoso de su yegua. La vieja insiste aconsejadora:

—Ya has oído... Hoy júntase en la villa el mercado de los sirvientes. Allí voy con mi nieto, y allí tienes tú de encontrar amo, aun cuando solamente sea por el yantar.

Adega murmura resignada:

—En la venta también servía por el yantar.

Y todavía, al recuerdo estremécese de miedo bajo sus harapos, y milagrera, sueña.

## CAPÍTULO II

En la villa, descansando a la sombra de un palacio hidalgo, la pastora miraba la procesión de gentes, con ojos maravillados, mientras la vieja, sentada a su lado con las manos debajo del mantelo, murmuraba siempre aconsejadora:

—Estarás aquí sin dar voces ni decir cosa ninguna.

—Estaré, sí, señora.

—¡Sin dar voces!

—Como me manden.

—¡Repara la compostura que guarda mi nieto!

—Sí, señora, sí.

También descansaban a la sombra viejas parletanas vestidas con dengue y cofia como para una boda, y zagalas que nunca habían servido y ocultaban vergonzosas los pies descalzos bajo los refajos amarillos, y mozos bizarros de los que campan y atrujan en las romerías, y mozas que habían bajado de la montaña y suspiraban por su tierra, y rapaces humildes que llevaban los zuecos en la mano y la guedeja trasquilada sobre la frente como los siervos antiguos. Por medio de la calle, golpeando las losas con el cueto herrado del palo, iba y venía el ciego de la montera parda y los picarescos decires. La abertura de su alforja dejaba asomar las rubias espigas de maíz que había recogido de limosna, a su paso por las aldeas. Una de aquellas viejas parletanas le llamó:

—¡Escucha una fabla!

El ciego se detuvo, reconociendo la voz:

—¿Eres Sabela la Galana?

—La misma. ¿Has estado en el Pazo de Brandeso?

—Hace dos días pasé por allí.

—¿Preguntaste si necesitaban una criada?
—Por sabido que pregunté.
—¿Y qué te han dicho?
—Que te llegues por aquella banda y hablarás con el mayordomo. Yo en todo he respondido por ti.
—¡Dios te lo premie!

La abuela también llamó al ciego:
—¡Oye!... ¿Para un nieto mío no podrás darme razón de alguna casa donde me lo traten con blandura, pues nunca ha servido?
—¿Qué tiempo tiene?
—El tiempo de ganarlo. Nueve años hizo por el mes de Santiago.
—Como él sea despierto, amo que lo mire bien no faltará.
—Pobre soy, mas en aquello que pudiese habría de corresponder contigo.
—Espérame aquí con el rapaz, que acaso os traiga luego una razón.
—También tengo que hablarte por una pobre cuitada.
—Cuando retorne.

Y se alejaba golpeando las losas con el cueto del palo. Tres zagales le llamaban desde lejos:
—Una fabla, Electus. Dijéronnos que se despedía el criado del señor Abade de Cela.
—Nada he oído.
—¿No te dieron encargo de que buscases otro?
—De esta vez ninguna cosa me han dicho.
—Será entonces mentira.
—Puede que lo sea.
—¿Y tú no sabes de ningún acomodo?
—Tal que pueda conveniros a vosotros, solamente sé de uno.
—¿Dónde?
—Aquí en la villa. Las tres nietas del Señor mi Conde. Tres rosas frescas y galanas. ¡Para cada uno de vosotros la suya!

Los zagales reían al oírle:

—Estas rosas están guarnidas de muy luengas espinas. Solamente tú puédeslas coger.

Y volvieron a estallar las risas con alegre e ingenua mocedad. Adega, temerosa de no encontrar amo a quien servir, ponía en todo una atención llena de zozobra. Cuando alguien cruzaba por su lado, las tristes violetas de sus ojos se alzaban como implorando, pero nadie reparaba en ella. Pasaban los hidalgos llevando del diestro sus rocines enjaezados con antiguas sillas jinetas; pasaban viejos labradores arrastrando lucientes capas de paño sedán; y molineros blancos de harina, y trajinantes que ostentaban botones de plata en el calzón de pana, y clérigos de aldea cetrinos y varoniles, con grandes paraguas bajo el brazo. Cuantos iban en busca de criado, desfilaban deteniéndose e interrogando:

—¿Qué años tienes, rapaz?

—No le podré decir, pero paréceme que han de ser doce.

—¿Sabes segar yerba?

—Sé, sí, señor.

—Y ¿cuánto ganas?

—Eso será aquello que tenga voluntad de darme. Hasta agora solamente serví por los bocados.

Y un poco más adelante:

—¿Tú de qué banda eres, moza?

—Una legua desviado de Cela.

—¿Dónde servías?

—Nunca tuve amo.

Y todavía más lejos:

—¿Tú serviste aquí en la villa?

—Serví, sí, señor.

—¿Muchos años?

—Pasan de siete.

—¿Cuántos amos tuviste?

—Tuve dos.

—¿Cuánto ganabas?

—Según. ¿Cuánto acostumbra de dar?

—Agora yo también te digo, según.

—Y dice bien. Conforme el servicio del criado, conforme ha de corresponder el amo. No es alabanza, pero si nos arreglamos paréceme no quedará quejoso.

Se hacían corros y nunca faltaban viejas comadres que se acercasen, entrometidas y conqueridoras:

—¡Buenos días nos dé Dios!... Sus padres sonle muy honrados. Por la soldada no se desarreglen. Verá qué pronto toma ley a la casa. Mire que tan bueno encontrará, mejor, mía fe, que no.

E iban así de corro en corro, pero no gozaban de aquel favor popular que gozaba el ciego de la montera parda. Cuando reapareció en el confín de la calle golpeando las losas con el cueto herrado del bordón, nuevamente comenzaron a llamarle de uno y otro lado. Él respondía sacudiendo las alforjas de piel de cordero, ya escuetas:

—¡Considerad que bajo este peso me doblo!... Dejad que llegue donde pueda reposarme.

Viejos y mozos reían al oírle. La abuela también le gritó festera:

—Aquí estamos esperándote con un dosel.

El ciego repuso gravemente:

—Agora iré a sentarme debajo para decirte lo que hay... Paréceme que hallé acomodo para los dos rapaces.

Y entró en el palacio solariego, con una de aquellas viejas parletanas, muy nombrada porque hacía la compota de guindas y la trepezada de membrillo como las señoras monjas de San Payo. A todo esto la gente se agrupaba para ver a un hombre que llevaban preso. Adega se acercó también, y al verle sus pestañas de oro temblaron asustadas. Aquel hombre, a quien conducían con los brazos atados, era el hijo de la ventera.

## CAPÍTULO III

Por la puerta del Deán que aun quedaba en pie de la antigua muralla, salían a la media tarde la vieja, la pastora y el niño. La vieja iba diciéndoles:

—Ya habéis encontrado acomodo. Agora vos cumple ser honrados y trabajadores.

Los tres caminan acezando, temerosos de que la noche les coja en despoblado. Ya lejos de la villa, en una encrucijada del camino, la vieja se detiene irresoluta:

—¡Oye, Adega!... Si nos pasamos por el Pazo de Brandeso, no tendremos día para llegar a San Clodio.

Adega murmura tristemente:

—Si no puede acompañarme, yo iré sola... El camino lo sé. Con todo, sería gustante que hablase por mí a tan gran señora.

La vieja se siente compadecida:

—Iremos primero donde esperan al rapaz, y luego, con la luna, nos llegaremos al Pazo, que es poco arrodeo.

Bajo aquel sol amable, que luce sobre los montes, cruza por los caminos la gente de las aldeas. En una lejanía de niebla azul se divisan los cipreses de San Clodio, oscuros y pensativos, con las cimas ungidas por un reflejo dorado y crepuscular. Los rebaños vuelven hacia la aldea, y el humo indeciso y blanco que sube de los hogares se disipa en la luz como salutación de paz. Sentado en la puerta del atrio, un ciego pide limosna y levanta al cielo los ojos que parecen dos ágatas blanquecinas:

—¡Santa Lucía bendita vos conserve la amable vista y salud en el mundo para ganarlo!... ¡Dios vos otorgue qué dar y qué tener!... ¡Salud y vista en el mundo para ganarlo!... ¡Tantas buenas almas del Señor como pasan, no dejarán al pobre un bien de caridad!...

Y el ciego tiende la palma seca y amarillenta. La vieja, dejando a la pastora en el camino, se acerca con su nieto de la mano, y murmura tristemente:

—¡Somos otros pobres!... Dijéronme que buscabas un criado...

—Dijéronte verdad. Al que tenía enantes abriéronle la cabeza en la romería de San Amaro. ¡Está que loquea!

—A mí mándame Electus.

—¡Ese no necesita criado! Sabe los caminos mejor que muchos que tienen vista.

—Vengo con mi nieto.

—Vienes bien.

El ciego extiende sus brazos palpando en el aire.

—Llégate, rapaz.

La vieja empuja al niño, que tiembla como un cordero acobardado y manso ante aquel hombre hosco, envuelto en un roto capote de soldado. La mano amarillenta y pedigüeña del ciego se posa sobre los hombros del niño, ándale a tientas por la espalda, corre a lo largo de las piernas:

—¿Te cansarás de caminar con las alforjas?

—No, señor: Estoy hecho a eso.

—Para llenarlas hay que correr muchas puertas. ¿Tú conoces bien los caminos de las aldeas?

—Donde no conozca, pregunto.

—En las romerías, cuando yo eche una copla, tú tienes que responderme con otra. ¿Sabrás?

—En deprendiendo, sí, señor.

—Ser criado de ciego es acomodo que muchos quisieran.

—Sí, señor, sí.

—Puesto que has venido, vamos hasta la rectoral. ¡Allí hay caridad! En este paraje no se recoge una triste limosna.

El ciego se incorpora entumecido, y apoya la mano en el hombro del niño que contempla tristemente el largo camino, y la campiña verde y húmeda, que sonríe en la paz de la tarde, con el caserío de las aldeas disperso y los molinos lejanos desapareciendo bajo el emparramado de las puertas, y las montañas azules, y la nieve en las cumbres. A lo largo del camino un zagal anda encorvado segando yerba, y la vaca de trémulas y rosadas ubres pace mansamente arrastrando el ronzal. Mozos y mozas vuelven a la aldea cantando por los caminos, y el humo blanco parece salir de entre las higueras. El ciego y el niño se alejan lentamente, y la abuela suspira enjugándose los ojos al mismo tiempo que se junta con Adega:

—¡Malpocado, nueve años y gana el pan que come!... ¡Alabado sea Dios!...

Adega, sintiendo pasar sobre su rostro el aliento encendido del milagro, murmura:

—Ese ciego es un santo del Cielo, que anda por el mundo para saber dónde hay caridad y luego darle cuenta a Nuestro Señor.

La vieja responde:

—Nuestro Señor, para saber dónde se esconden las buenas almas, no necesita experimentarlo.

Y callaron porque ya iban acezando, en su afán de llegar con día al Pazo de Brandeso.

## CAPÍTULO IV

Pasaba el camino entre dos lomas redondas e iguales como los senos de una giganta, y la pastora se detuvo mostrándole a la vieja una sombra lejana, que allá en lo más alto, parecía leer atentamente, alumbrándose con un cirio que oscilaba misterioso bajo la brisa crepuscular. La vieja miró largo tiempo, y luego advirtió:

—A ese hombre yo lo vide en otros parajes. ¿Sabes cómo se llama el libro donde lee? El libro de San Cidrián. ¡También un hermano de mi padre lo tenía!...

Adega bajó la voz misteriosa y crédula:

—Con él descúbrense los tesoros ocultos.

La vieja negaba moviendo la cabeza, porque tenía la enseñanza de sus muchos años:

—Aquel hermano de mi padre vendió las tierras, vendió las vacas, vendió hasta el cuenco del caldo, y nunca descubrió cosa ninguna.

—Mas otros han hallado muy grandes riquezas...

—Yo a ninguno conocí. Cuando era rapaza, tengo oído que entre estas dos lomas hay oculto dinero para siete reinados, pero dígote que son cuentos.

Adega, con las violetas de sus ojos resplandecientes de fe, murmuró como si repitiese una oración aprendida en un tiempo lejano.

—Entre los penedos y el camino que va por bajo, hay dinero para siete reinados, y días de un rey habrán de llegar en que las ovejas, escarbando, los descubrirán.

La vieja suspiró desengañada:

—Ya te digo que son cuentos.

—Cuentos serán, pero sin fin de veces lo escuché en el monte, a un viejo de San Pedro de Cela.

—¡Si fuese verdad todo lo que se escucha, rapaza! A ese que lee, yo le conozco. Vino poco hace de la montaña, y anda por todos estos parajes leyendo en ese gran libro luego que se pone el sol. Tiene los ojos lucientes como un can adolecido, y la color más amarilla que la cera.

Y dijo Adega:

—Yo también lo conozco. En la venta se reposó muchas veces. Allí, contó un día que los alarbios guardadores de los tesoros solamente se muestran en esta hora, y que habrán de leerse las palabras escritas a la luz de un cirio bendito.

Susurraron largamente los maizales, levantóse la brisa crepuscular removiendo las viejas hojas del infolio, y la luz del cirio se apagó ante los ojos de las dos mujeres. Habíase puesto el sol, y el viento de la tarde pasaba como una última alegría sobre los maizales verdes y rumorosos. El agua de los riegos corría en silencio por un cauce limoso, y era tan mansa, tan cristalina, tan humilde, que parecía tener alma como las criaturas del Señor. Aquellas viejas campanas de San Gundián y de San Clodio, de Santa Baya de Brandeso y de San Berísimo de Céltigos, dejaban oír sus voces en la paz de la tarde, y el canto de un ruiseñor parecía responderlas desde muy lejos. Se levantaba sobre la copa oscura de un árbol, al salir la luna, ondulante, dominador y gentil como airón de plata en la cimera de un arcángel guerrero. Y las dos mujeres iban siempre camino adelante, acezando en su afán de llegar. Al cabo la vieja murmuró haciendo un alto:

—¡Ya poco falta, rapaza!

Y Adega repuso:

—¡Ya poco falta, sí, señora!

Continuaron en silencio. El camino estaba lleno de charcos nebulosos, donde se reflejaba la luna, y las ranas que bajo la luz de plata cantaban en la orilla su solo monótono y senil, saltaban al agua apenas los pasos se acercaban. A lo lejos, sobre el cielo azul y constelado de luceros, destacábase una torre almenada, como en el campo de un blasón: Era la torre del Pazo de Brandeso. Estaba en el fondo de un gran jardín antiguo, que esparcía en la noche la fragancia de sus flores. Tras la cancela de hierro los cipreses asomaban muy altas sus cimas negras, y los cuatro escudos del fundador que coronaban el arco de la puerta, aparecían iluminados por la luna. Adega murmuró en voz baja cuando llegaron:

—¡Todas las veces que vine a esta puerta, todas me han socorrido!

Y la vieja repuso:

—¡Es casa de mucha caridad!

Acercáronse las dos juntas, llenas de respeto, y miraron por el enrejado de la cancela:

—No se ve a nadie, rapaza.

—¡Acaso sea muy tarde!

—Tarde no, pues hállase abierto... Entraremos hasta la cocina.

—¿Y si están sueltos los perros?...

—¿Tienen perros?

—Tienen dos, y un lobicán muy fiero.

En esto vieron una sombra que se acercaba, y esperaron. Poco después reconocían al que llegaba, aun cuando encubríale por entero la parda anguarina. Los ojos calenturientos fulguraban bajo el capuz, y las manos, que salían del holgado ropaje como las de un espectro, estrechando un infolio encuadernado en pergamino. Llegó hasta la cancela hablando a solas, musitando concordancias extrañas, fórmulas oscuras y litúrgicas para conjurar brujas y trasgos. Iba a entrar, y la vieja le interrogó con una cadencia de salmodia:

—¿No andarán sueltos los perros?

—Nunca los sueltan hasta después de cerrar.

Era su voz lenta y adormecida, como si el alma estuviese ausente. Empujó la cancela, que tuvo un prolongado gemir, y siempre musitando aquellas oraciones de una liturgia oscura, penetró en el jardín señorial. Las dos mujeres, cubiertas las cabezas con los mantelos, como sombras humildes, entraron detrás.

## CAPÍTULO V

Los criados están reunidos en la gran cocina del Pazo. Arde una hoguera de sarmientos, y las chispas y el humo suben retozando por la negra campana de la chimenea que cobija el hogar y los escaños donde los criados se sientan. Es una chimenea de piedra que pregona la generosidad y la abundancia, con sus largos varales de donde cuelga la cecina puesta al humo. La sombra del buscador de tesoros se desliza a lo largo del muro, con el infolio apretado sobre el pecho, y desaparece en un rincón murmurando sus oraciones cabalísticas. Los criados le tienen por loco. Presentóse hace tiempo como nieto de un antiguo mayordomo, y allí está recogido, que todo es tradicional en el Pazo. La vieja y la zagala, que han entrado detrás, murmuran humildes:

—¡Santas y buenas noches!

Algunas voces responden:

—¡Santas y buenas!

Una moza encendida como manzana sanjuanera, con el cabello de cobre luciente y la nuca más blanca que la leche, está en pie llenando los cuencos del caldo, arremangada hasta el codo la camisa de estopa. Con el rostro iluminado por la llama, se vuelve hacia las dos mujeres:

—¿Qué deseaban?

La vieja se acerca al fuego, estremeciéndose de frío:

—Venimos por ver si esta rapaza halla aquí acomodo.

Un criado antiguo murmura:

—Somos ya diez para holgar.

La vieja vuelve a estremecerse, y toda encorvada sigue acercándose al hogar:

—¡Asús!... Parece mismo como que da vida esta lumbre. ¿Por qué te quedas ahí, rapaza?

Adega responde con los ojos bajos:

—Deje, que el frío no me hace mal.

La moza de la cara bermeja se vuelve compasiva:

—Anda, que tomarás un cuenco de caldo.

Adega murmura.

—¡Nuestro Señor se lo premie!

La vieja sigue estremeciéndose:

—En todo el santo día no hemos probado cosa caliente.

El criado de las vacas, al mismo tiempo que sumerge en el caldo la cuchara de boj, mueve gravemente la cabeza:

—¡Lo que pasan los pobres!

La vieja suspira:

—¡Sólo ellos lo saben, mi fijo!

Hay algo de patriarcal en aquella lumbre de sarmientos que arde en el hogar, y en aquella cena de los criados, nacidos muchos de ellos bajo el techo del Pazo. La vieja y la zagala sostienen en ambas manos los cuencos humeantes, sin osar catarlos mientras las interroga una dueña de cabellos blancos que llevó en brazos a la señora:

—¿Quién os encaminó aquí?

—Electus.

—¿El ciego?

—Sí, señora, el ciego. Díjonos que necesitaban una rapaza para el ganado y que tenía a su cargo buscarla...

El criado de las vacas murmura:

—¡Condenado Electus!

La dueña se encrespa de pronto:

—¡Luego querrá que la señora le recompense por haberle traído una boca más!...

Otros criados repiten por lo bajo con cierto regocijo:

—¡Cuántas mañas sabe!

—¡Qué gran raposo!

—¡Conoce el buen corazón de la señora!

La vieja, decidiéndose a catar el caldo, murmura componedora y de buen talante:

—No se apure, mi ama. La rapaza servirá por los bocados.

Adega murmura tímidamente.

—Yo sabré ganarlo.

La dueña se yergue, sintiendo el orgullo de la casa, cristiana e hidalga:

—Oye, moza, aquí todos ganan su soldada, y todos reciben un vestido cada año.

Los criados con las cabezas inclinadas, sorbiendo las berzas en las cucharas de boj, musitan alabanzas de aquel fuero generoso que viene desde el tiempo de los bisabuelos. Después, la dueña de los cabellos blancos se aleja sonando el manojo de sus llaves, y al desaparecer por una puerta oscura va diciendo, como si hablase sola:

—Esta noche dormirán en el pajar. Mañana que disponga la señora.

Cuando desaparece, la moza de la cara bermeja se acerca a la pastora, y le dice risueña:

—¿Cómo te llamas?

—Adega.

—Pues no tengas temor, Adega. Tú quedarás aquí, como quedan todos. Aquí a nadie se cierra la puerta.

Y allá en el fondo de la cocina, se eleva la voz religiosa y delirante del buscador de tesoros, mientras su sombra se acerca lentamente:

—¡Rapaza, puerta de tanta caridad no la hay en todo el mundo!... ¡Los palacios del rey todavía no son de esta noble conformidad!...

# QUINTA ESTANCIA

## CAPÍTULO I

Los criados velaron en la cocina, donde toda la noche ardió el fuego. Una cacería de lobos estaba dispuesta para el amanecer. De tiempo en tiempo, mientras se recuerdan los lances de otras batidas, los más viejos descabezan un sueño en los escaños. Cuando alguien llama en la puerta de la cocina, se despiertan sobresaltados. La moza de la cara bermeja, que está siempre dispuesta para abrir, descorre los cerrojos, y entra, murmurando las santas noches, algún galán de la aldea, celebrado cazador de lobos. Deja su escopeta en un rincón y toma asiento al pie del fuego. La dueña de los cabellos blancos aparece y manda que le sirvan un vaso de vino nuevo. El cazador, antes de apurarlo, salmodia la vieja fórmula:

—¡De hoy en mil años y en esta honrada compaña!

La moza de la cara bermeja vuelve al lado de Adega:

—A mí paréceme que te conozco. ¿Tú no eres de San Clodio?

—De allí soy, y allí tengo todos mis difuntos.

—Yo soy poco desviado... En San Clodio viven casadas dos hermanas de mi padre, pero nosotros somos de Andrade. Yo me llamo Rosalva. La señora es mi madrina.

Adega levanta las violetas de sus ojos y sonríe, humilde y devota.

—¡Rosalva! ¡Qué linda pudo ser la Santa que tuvo ese nombre, que mismo parece cogido en los jardines del Cielo!

Y queda silenciosa, contemplando el fuego que se

abate y se agiganta bajo la negra campana de la chimenea, mientras el criado de las vacas, al otro lado del hogar, endurece en las lenguas de la llama una vara de roble, para calzar en ella el hocino. Armado de esta suerte irá en la cacería, y entraráse con los perros por los tojares donde los lobos tienen su cubil. En el fondo de la cocina, otro de los criados afila la hoz, y produce crispamiento aquel penetrante chirrido que va y viene, al pasar del filo por el asperón. Poco a poco, Adega se duerme en el escaño, arrullada por el murmullo de las voces, que apagadas y soñolientas hablan de las sementeras, de las lluvias, y del servicio en los Ejércitos del Rey. A lo largo del corredor resuenan las llaves y las toses de la dueña, que un momento después asoma preguntando:

—¿Cuántos os juntáis?

Cesan de pronto las conversaciones, y sin embargo una ráfaga de vida pasa sobre aquellas cabezas amodorradas, anímanse los ojos, y se oye, como rumor de marea, el ras de los zuecos en las losas. La moza de la cara bermeja, puesta en pie, comienza a contar:

—Uno, dos, tres...

Y la dueña espera allá en el fondo oscuro. En tanto sus ojos compasivos se fijan en la pastora:

—¡Divino Señor!... Duerme como un serafín. Tengan cuidado, que puede caerse en el fuego.

La vieja toca el hombro de Adega:

—¡Eh!... ¡Alzate, rapaza!

Adega abre los ojos y vuelve a cerrarlos. La dueña murmura:

—No la despierten... Pónganle algo bajo la sien, que descansará más a gusto.

La vieja dobla el mantelo, y con una mano suspende aquella cabeza melada por el sol como las espigas. La pastora abre de nuevo los ojos y al sentir la blandura del cabezal suspira. La vieja vuélvese hacia la dueña con una sonrisa de humildad y de astucia:

—¡Pobre rapaza sin padres!

—¿No es hija suya?

—No, señora... A nadie tiene en el mundo. Yo la acompaño por compasión que me da. A la cuitada énrale por veces un ramo cativo, y mete dolor de corazón verla correr por los caminos cubierta de polvo, con los pies sangrando. ¡Crea que es una gran desgracia!
—¿Y por qué no la llevan a Santa Baya de Cristamilde?
—Ya le digo que no tiene quien mire por ella...
El nombre de la Santa ha dejado tras sí un largo y fervoroso murmullo que flota en torno del hogar, como la estela de sus milagros. En el mundo no hay Santa como Santa Baya de Cristamilde. Cuantos llegan a visitar su ermita sienten un rocío del Cielo. Santa Baya de Cristamilde protege las vendimias y cura las mordeduras de los canes rabiosos, pero sus mayores prodigios son aquellos que obra en su fiesta sacando del cuerpo los malos espíritus. Muchos de los que velan al amor de aquel fuego de sarmientos, han visto cómo las enfermas del ramo cativo los escupían en forma de lagartos con alas. Un aire de superstición pasa por la vasta cocina del Pazo. Los sarmientos estallan en el hogar acompañando la historia de una endemoniada. La cuenta con los ojos extraviados y poseído de un miedo devoto, el buscador de tesoros. Fuera los canes, espeluznados de frío, ladran a la luna. Resuenan otra vez las llaves de la dueña. La moza de la cara bermeja se acerca:
—¿Mandaba alguna cosa?
—¿Cuántos has contado?
—Conté veinte, y todavía vendrán más.
—Está bien. Baja a la bodega y sube del vino de la Arnela.
—¿Cuánto subo?
—Sube el odre mediano. Si tú no puedes, que baje uno contigo... Dejarás bien cerrado.
—Descuide.
La dueña, al entregarle el manojo de sus llaves destaca una:
—Esta es la que abre.

—Ya la conozco.

Vase la dueña de los cabellos blancos, y la moza de la cara bermeja enciende un candil para bajar a la bodega. Ulula el viento atorbellinado en la gran campana de la chimenea, y las llamas se tienden y se agachan poniendo un reflejo más vivo en todos los rostros. De tarde en tarde llaman en la puerta, y un cazador aparece en la oscuridad con los alanos atraillados y una vara al hombro. Los que vienen de muy lejos llegan ya cerca del amanecer, y al abrirles, una claridad triste penetra en la vasta y cuadrada cocina donde la hoguera de sarmientos, después de haber ardido toda la noche, muere en un gran rescoldo. La roja pupila parpadea en el hogar lleno de ceniza, y como en una bocana marina, en la negra chimenea ruge el viento.

## CAPÍTULO II

Adega fué admitida en la servidumbre de la señora, y aquel mismo día llegaron las mozas de la aldea, que todos los años espadaban el lino en el generoso Pazo de Brandeso. Comenzaron su tarea cantando y cantando la dieron fin. Adega las ayudó. Espadaban en la solana, y desde el fondo de un balcón oía sus cantos la señora, que hilaba en su rueca de palo santo, olorosa y noble. A la señora, como a todas las mayorazgas campesinas, le gustaban las telas de lino y las guardaba en los arcones de nogal, con las manzanas tabardillas y los membrillos olorosos. Después de hilar todo el invierno, había juntado cien madejas, y la moza de la cara bermeja, y la dueña de los cabellos blancos, pasaron muchas tardes devanándolas en el fondo de una gran sala desierta. La señora pensaba hacer con ellas una sola tela, tan rica como no tenía otra.

Las espadadoras trabajaban por tarea, y habiendo dado fin el primer día poco después de la media tarde, se esparcieron por el jardín, alegrándolo con sus voces. Adega bajó con ellas. Sentada al pie de una fuente, atendía sus cantos y sus juegos con triste sonrisa. Las vió alejarse y se sintió feliz. Sus ojos se alzaron al cielo como dos suspiros de luz. Aquella zagala de cándida garganta y cejas de oro, volvía a vivir en perpetuo ensueño. Sentada en el jardín señorial bajo las sombras seculares, suspiraba viendo morir la tarde, breve tarde azul llena de santidad y de fragancia. Sentía pasar sobre su rostro el aliento encendido del milagro, y el milagro acaeció. Al inclinarse para beber en la fuente, que corría escondida por el laberinto de arrayanes, las violetas de sus ojos vieron en el cristal del agua, donde temblaba el sol poniente, aparecerse el rostro de un niño que sonreía. Era aquella aparición un santo presagio: Adega sintió correr la leche por sus senos, y sintió la voz saludadora del que era hijo de Dios Nuestro Señor. Después sus ojos dejaron de ver. Desvanecida al pie de la fuente, sólo oyó un rumor de ángeles que volaban. Recobróse pasado mucho tiempo, y sentada sobre la yerba, haciendo memoria del cándido y celeste suceso, lloró sobrecogida y venturosa. Sentía que en la soledad del jardín, su alma volaba como los pájaros que se perdían cantando en la altura.

Tras los cristales del balcón, todavía hilaba la señora, con las últimas luces del crepúsculo. Y aquella sombra encorvada, hilando en la oscuridad, estaba llena de misterio. En torno suyo todas las cosas parecían adquirir el sentido de una profecía. El huso de palo santo temblaba en el hilo que torcían sus dedos, como temblaban sus viejos días en el hilo de la vida. La Mayorazga del Pazo era una evocación de otra edad, de otro sentido familiar y cristiano, de otra relación con los cuidados del mundo. Había salido la luna, y su luz bañaba el jardín, consoladora y blanca como un don eucarístico. Las voces de las espadadoras se juntaban en una palpitación armónica con el rumor de las fuentes y de las arboledas. Era como una oración de todas las criaturas en la gran pauta del Universo.

## CAPÍTULO III

Los criados, viéndola absorta como si viviese en la niebla blanca de un ensueño, la instaban para que contase sus visiones. Atentos al relato se miraban, unos incrédulos y otros supersticiosos. Adega hablaba con extravío, trémulos los labios y las palabras ardientes. Como óleo santo, derramábase sobre sus facciones mística ventura. Encendida por la ola de la Gracia, besaba el polvo con besos apasionados y crepitantes, como las llamas besaban los sarmientos en el hogar. A veces las violetas de sus ojos fosforecían con extraña lumbre en el cerco dorado de las pestañas, y la dueña de los cabellos blancos, que juzgaba ver en ellos la locura, santiguábase y advertía a los otros criados:

—¡Tiene el ramo cativo!

Adega clamaba al oírla:

—Anciana sois, mas aún así habéis de ver al hijo mío... Conoceréisle porque tendrá un sol en la frente. ¡Hijo será de Dios Nuestro Señor!

La dueña levantaba los brazos, como una abuela benévola y doctoral:

—¡Considera, rapaza, que quieres igualarte con la Virgen María!

Adega, con el rostro resplandeciente de fervor, suspiraba humilde:

—¡Nunca tal suceda!... Bien se me alcanza que soy una triste pastora, y que es una dama muy hermosa la Virgen María. Mas a todas vos digo que en las aguas de la fuente he visto la faz de un infante que al mismo tiempo hablaba dentro de mí... Agora mismo oigo su voz, y siento que me llama, batiendo blandamente, no con la mano, sino con el talón del pie, menudo y encendido como una rosa de Mayo!...

Algunas voces murmuraban supersticiosas:

—¡Con verdad es el ramo cativo!

Y la dueña de los cabellos blancos, haciendo sonar el manojo de sus llaves, advertía:

—Es el Demonio, que con ese engaño metióse en ella, y tiénela cautiva y habla por sus labios para hacernos pecar a todos.

El rumor embrujado de aquellas conversaciones sostenidas al amor del fuego, bajo la gran campana de la chimenea, corrió ululante por el Pazo. Lo llevaba el viento nocturno que batía las puertas en el fondo de los corredores, y llenaba de ruidos las salas desiertas, donde los relojes marcaban una hora quimérica. La señora tuvo noticia y ordenó que viniese el Abad para decidir si la zagala estaba poseída de los malos espíritus. El Abad llegó haciendo retemblar el piso bajo su grave andar eclesiástico. Dábanle escolta dos galgos viejos. Adega compareció y fué interrogada. El Abad quedó meditabundo, halagando el cuello de un galgo. Al cabo resolvió que aquella rapaza tenía el mal cativo. La señora se santiguó devota, y los criados, que se agrupaban en la puerta, la imitaron con un sordo murmullo. Después el Abad calábase los anteojos de recia armazón dorada, y hojeando familiar el breviario, comenzaba a leer los exorcismos, alumbrado por llorosa vela de cera que sostenía un criado, en candelero de plata.

Adega se arrodilló. Aquel latín litúrgico le infundía un pavor religioso. Lo escuchó llorando, y llorando pasó la velada. Cuando la dueña encendió el candil para subir a la torre donde dormían, siguió tras ella en silencio. Se acostó estremecida, acordándose de sus difuntos. En la sombra vió fulgurar unos ojos, y temiendo que fuesen los ojos del Diablo, hizo la señal de la cruz. Llena de miedo intentó recogerse y rezar; pero los ojos, apagados un momento, volvieron a encenderse sobre los suyos. Viéndolos tan cerca extendía los brazos en la oscuridad, queriendo alejarlos. Se defendía llena de angustia, gritando:

—¡Arreniégote! ¡Arreniégote!...

La dueña acudió. Adega, incorporada en su lecho, batallaba contra una sombra:

—¡Mirad allí el Demonio!... ¡Mirad cómo ríe! Queríase acostar conmigo y llegó a oscuras: ¡Nadie lo pudiera sentir! Sus manos velludas anduviéronme por el cuerpo y estrujaron mis pechos. Peleaba por poner en ellos la boca, como si fuese una criatura. ¡Oh! ¡Mirad dónde asoma!...

Adega se retorcía, con los ojos extraviados y los labios blancos. Estaba desnuda, descubierta en su lecho. El cabello de oro, agitado y revuelto en torno de los hombros, parecía una llama siniestra. Sus gritos despertaban a los pájaros que tenían el nido en la torre:

—¡Oh!... ¡Mirad dónde asoma el enemigo! ¡Mirad cómo ríe! Su boca negra quería beber en mis pechos... No son para ti, Demonio Cativo, son para el hijo de Dios Nuestro Señor. ¡Arrenegado seas, Demonio! ¡Arrenegado!

A su vez la dueña repetía amedrentada:

—¡Arrenegado por siempre jamás, amén!

Con las primeras luces del alba, que temblaban en los cristales de la torre, huyó el Malo batiendo sus alas de murciélago. La señora, al saber aquello, decidió que la zagala fuese en romería a Santa Baya de Cristamilde. Debían acompañarla la dueña y un criado.

## CAPÍTULO IV

Santa Baya de Cristamilde está al otro lado del monte, allá en los arenales donde el mar brama. Todos los años acuden a su fiesta muchos devotos. La ermita, situada en lo alto, tiene un esquilón que se toca con una cadena. El tejado es de losas, y bien pudiera ser de oro si la santa quisiera. Adega, la dueña y un criado, han salido a la media tarde para llegar a la media noche, que es cuando se celebra la Misa de las Endemoniadas. Caminan en silencio, oyendo el canto de los romeros que van por otros atajos. A veces, a lo largo de la vereda, topan con algún mendigo que anda arrastrándose, con las canillas echadas a la espalda. Se ha puesto el sol, y dos bueyes cobrizos beben al borde de una charca. En la lejanía se levanta el ladrido de los perros, vigilantes en los pajares. Sale la luna, y el mochuelo canta escondido en un castañar.

Cuando comienzan a subir el monte, es noche cerrada, y el criado, para arredrar a los lobos, enciende el farol que lleva colgado del palo. Delante va una caravana de mendigos. Se oyen sus voces burlonas y descreídas. Como cordón de orugas se arrastran a lo largo del camino. Unos son ciegos, otros tullidos, otros lazarados. Todos ellos comen del pan ajeno, y vagan por el mundo sacudiendo vengativos su miseria, y rascando su podre a la puerta del rico avariento. Una mujer da el pecho a su niño cubierto de lepra, otra empuja el carro de un paralítico. En las alforjas de un asno viejo y lleno de mataduras, van dos monstruos. Las cabezas son deformes, las manos palmípedas. Adega reconoce al Ciego de San Clodio y al lazarillo, que le sonríe picaresco:

—¿Estás en el Pazo, Adega?
—Allí estoy. ¿Y a ti, cómo te va en esta vida de andar con la alforja?
—No me va mal.
—¿Y tu abuela?
—Agora también anda a pedir.

Al descender del monte, el camino se convierte en un vasto páramo de áspera y crujiente arena. El mar se estrella en las restingas, y de tiempo en tiempo, una ola gigante pasa sobre el lomo deforme de los peñascos que la resaca deja en seco. El mar vuelve a retirarse broando, y allá en el confín, vuelve a erguirse negro y apocalíptico, crestado de vellones blancos. Guarda en su flujo el ritmo potente y misterioso del mundo. La caravana de mendigos descansa a lo largo del arenal. Las endemoniadas lanzan gritos estridentes, al subir la loma donde está la ermita, y cuajan espuma sus bocas blasfemas. Los devotos aldeanos que las conducen, tienen que arrastrarlas. Bajo el cielo anubarrado y sin luna, graznan las gaviotas. Son las doce de la noche y comienza la misa. Las endemoniadas gritan retorciéndose:

—¡Santa tiñosa, arráncale los ojos al frade!

Y con el cabello desmadejado y los ojos saltantes, pugnan por ir hacia el altar. A los aldeanos más fornidos les cuesta trabajo sujetarlas. Las endemoniadas jadean roncas, con los corpiños rasgados, mostrando la carne lívida de los hombros y de los senos. Entre sus dedos quedan enredados manojos de cabellos. Los gritos sacrílegos no cesan durante la misa:

—¡Santa Baya, tienes un can rabioso que te visita en la cama!

Adega, arrodillada entre la dueña y el criado, reza llena de terror. Terminada la misa, todas las posesas del mal espíritu son despojadas de sus ropas y conducidas al mar, envueltas en lienzos blancos. Adega llora vergonzosa, pero acata humilde cuanto la dueña dispone. Las endemoniadas, enfrente de las olas, aúllan y se resisten enterrando los pies en la arena. El lienzo

que las cubre cae, y su lívida desnudez surge como un
gran pecado legendario, calenturiento y triste. La ola
negra y bordeada de espumas se levanta para tragarlas
y sube por la playa, y se despeña sobre aquellas cabezas
greñudas y aquellos hombros tiritantes. El pálido pecado de la carne se estremece, y las bocas sacrílegas
escupen el agua salada del mar. La ola se retira dejando en seco las peñas, y allá en el confín vuelve a encres-
parse cavernosa y rugiente. Son sus embates como las
tentaciones de Satanás contra los Santos. Sobre la capilla vuelan graznando las gaviotas, y un niño, agarra-
do a la cadena, hace sonar el esquilón. La Santa sale
en sus andas procesionales, y el manto bordado de oro,
y la corona de reina, y las ajorcas de muradana res-
plandecen bajo las estrellas. Prestes y monagos recitan
sus latines, y las endemoniadas, entre las espumas de
una ola, claman blasfemas:

—¡Santa, tiñosa!
—¡Santa, rabuda!
—¡Santa, salida!
—¡Santa, preñada!

Los aldeanos, arrodillados, cuentan las olas: Son siete las que habrá de recibir cada poseída para verse libre
de los malos espíritus, y salvar su alma de la cárcel
oscura del Infierno. ¡Son siete como los pecados del
mundo!

## CAPÍTULO V

Tornábanse al Pazo de Brandeso la zagala, la dueña y el criado. El clarín de los gallos se alzaba sobre el sueño de las aldeas, y en la oscuridad fragante de los caminos hondos, cantaban los romeros y ululaban las endemoniadas:

—¡Santa, salida!
—¡Santa, rabuda!
—¡Santa, preñada!

Comenzó a rayar el día, y el viento llevó por sotos y castañares la voz de los viejos campanarios, como salutación de una vida aldeana, devota y feliz que parecía ungirse con el rocío y los aromas de las eras. A la espalda quedaba el mar, negro y tormentoso en su confín, blanco de espuma en la playa. Su voz ululante y fiera parecía una blasfemia bajo la gloria del amanecer. En el valle flotaba ligera neblina, el cuco cantaba en un castañar, y el criado interrogábale burlonamente, de cara al soto:

—¡Buen cuco-rey, dime los años que viviré!

El pájaro callaba como si atendiese, y luego oculto en las ramas dejaba oír su voz. El aldeano iba contando:

—Uno, dos, tres... ¡Pocos años son! ¡Mira si te has engañado, buen cuco-rey!

El pájaro callaba de nuevo, y después de largo silencio, cantaba muchas veces. El aldeano hablábale:

—¡Ves como te habías engañado!...

Y mientras atravesaron el castañar, siguió la plática con el pájaro. Adega caminaba suspirante. Las violetas de sus pupilas estaban llenas de rocío como las flores del campo, y la luz de la mañana, que temblaba en ellas,

parecía una oración. La dueña, viéndola absorta, murmuró en voz baja al oído del criado:
—¿Tú reparaste?
El criado abrió los ojos sin comprender. La dueña puso todavía más misterio en su voz:
—¿No has reparado cosa ninguna cuando sacamos del mar a la rapaza? La verdad, odiaría condenarme por una calumnia, mas paréceme que la rapaza está preñada...

Y velozmente, con escrúpulos de beata, trazó una cruz sobre su boca sin dientes. En el fondo del valle seguía sonando el repique alegre, bautismal, campesino de aquellas viejas campanas que de noche, a la luz de la luna, contemplan el vuelo de brujas y trasgos. ¡Las viejas campanas que cantan de día, a la luz del sol, las glorias celestiales! ¡Campanas de San Berísimo y de Célticos! ¡Campanas de San Gundián y de Brandeso! ¡Campanas de Gondomar y de Lestrove!...

# COLOQUIOS ROMÁNTICOS

# PRIMERA JORNADA

En el jardín y en el fondo un palacio: El jardín y el palacio tienen esa vejez señorial y melancólica de los lugares por donde en otro tiempo pasó la vida amable de la galantería y del amor. Sentado en la escalinata, donde verdea el musgo, un zagal de pocos años amaestra con los sones de su flauta una nidada de mirlos prisionera en rústica jaula de cañas. Aquel niño de fabla casi visigótica y ojos de cabra triscadora, con su sayo de estameña y sus guedejas trasquiladas sobre la frente por tonsura casi monacal, parece el hijo de un antiguo siervo de la gleba. La dama pálida y triste, que vive retirada en el palacio, le llama con lánguido capricho Florisel. Por la húmeda avenida de cipreses aparece una vieja de aldea. Tiene los cabellos blancos, los ojos conqueridores y la color bermeja. El manteo, de paño sedán, que sólo luce en las fiestas, lo trae doblado con primor y puesto como una birreta sobre la cofia blanca: Se llama Madre Cruces.

LA MADRE CRUCES. — ¿Estás adeprendiéndole la lección a los mirlos?

FLORISEL. — Ya la tienen adeprendida.

LA MADRE CRUCES. — ¿Cuántos son?

FLORISEL. — Agora son tres. La señora mi ama echó a volar el que mejor cantaba. Gusto que tiene de verlos libres por los aires.

LA MADRE CRUCES. — ¡Para eso es la señora! ¿Y cómo está de sus males?

FLORISEL. — ¡Siempre suspirando! ¡Agora la he visto pasar por aquella vereda cogiendo rosas!

LA MADRE CRUCES. — Solamente por saludar a esa reina he venido al palacio. A encontrarla voy. ¿Por dónde dices que la has visto pasar?

FLORISEL. — Por allí abajo.

La Madre Cruces se aleja en busca de la señora, y torna a requerir su flauta Florisel. El sol otoñal y matinal deja un reflejo dorado entre el verde sombrío, casi negro, de los árboles venerables. Los castaños y los cipreses que cuentan la edad del palacio. La Quemada y Minguiña, dos mujerucas mendigas, asoman en la puerta del jardín, una puerta de arco que tiene, labrados en la piedra, sobre la cornisa, cuatro escudos con las armas de cuatro linajes diferentes. Los linajes del fundador, noble por todos sus abuelos. Las dos mendigas asoman medrosas.

La Quemada. — ¡A la santa paz de Dios Nuestro Señor!

Minguiña. — ¡Ave María Purísima!

La Quemada. — ¡Todas las veces que vine a esta puerta, todas, me han socorrido!

Minguiña. — ¡Dicen que es casa de mucha caridad!

La Quemada. — No se ve a nadie...

Minguiña. — ¿Por qué no entramos?

La Quemada. — ¡Y si están sueltos los perros!

Minguiña. — ¿Tienen perros?

La Qemada. — Tienen dos, y un lobicán muy fiero...

Florisel. — ¡Santos y buenos días! ¿Qué deseaban?

La Quemada. — Venimos a la limosna. ¿Tú agora sirves aquí? Buena casa has encontrado. En los palacios del Rey no estarías mejor.

Florisel. — ¡Eso dícenme todos!

La Quemada. — Pues no te engañan.

Florisel. — ¡Por sabido que no!

Minguiña. — ¡Tal acomodo quisiera yo para un nieto que tengo!

Florisel. — No todos sirven para esta casa. Lo primero que hace falta es muy bien saludar.

Minguiña. — Mi nieto es pobre, pero como enseñado lo está.

Florisel. — Y hace falta lavarse la cara casi que todos los días.

Minguiña. — En un caso también sabría dar gusto.

Florisel. — Y dentro del palacio tener siempre la montera quitada, aun cuando la señora no se halle presente, y no meter ruido con las madreñas ni silbar por divertimiento, salvo que no sea a los mirlos.

La Quemada. — ¿Tú aquí sirves por el vestido?

Florisel. — Por el vestido y por la soldada. Gano media onza cada año, y a cuenta ya tengo recibido los dineros para mercar esta flauta. ¿Vostedes es la primera vez que vienen a la limosna?

La Quemada. — ¡Yo hace muchos años!

Minguiña. — Yo es la primera vez. Nunca creí verme en tanta necesidad. Fuí criada con el regalo de una reina, y agora no me queda otro triste remedio que andar por las puertas. Un hijo tenía, luz de mis tristes ojos, amparo de mis años, y murió en el servicio del Rey, adonde fué por un rico.

Florisel. — ¿Y vienen de muy lejos?

Minguiña. — De San Clemente de Bradomín.

La Quemada. — ¡Todo por monte!

Florisel. — Ya sé dónde queda. Allí tiene un palacio el más grande caballero de estos contornos.

Minguiña. — ¡También es puerta aquélla de mucha caridad! Agora poco hace, llegó el señor mi Marqués, al cabo de muchos años. Dicen que viene para hacer una nueva guerra por el Rey Don Carlos, a quien le robaron la corona cuando los franceses.

La Quemada. — Aquél murió. El de agora es un hijo.

Minguiña. — Hijo o nieto, es de aquella sangre real.

En la puerta del jardín asoma una hueste de mendigos. Patriarcas haraposos, mujeres escuálidas, mozos lisiados. Racimo de gusanos que se arrastra por el polvo de los caminos y se desgrana en los mercados y feriales de las villas salmodiando cuitas y padrenuestros, caravana que descansa al pie de los cruceros, y recuenta la limosna de mazorcas y mendrugos de borona, a la sombra de los valladares floridos donde cantan los pájaros del cielo a quienes da nido y pan Dios Nuestro Señor. En todos los casales los conocen, y ellos conocen todas las puertas de caridad. Son siempre los mismos: El Manco de Gondar; el Tullido de Céltigos; Paula la Reina, que da de mamar a un niño; la Inocente de Brandeso; Dominga de Gómez; el señor Amaro, el señor Cidrán el Morcego y la mujer del Morcego. Llegan por el camino aldeano, fragante y riente bajo el sol matinal.

El Manco de Gondar. — Rapaz, avisa en la cocina que está aquí el manco de Gondar, que viene por la limosna.

EL TULLIDO DE CÉLTIGOS. — Y el tullido de Céltigos.

FLORISEL. — Tiene dicho Doña Malvina, el ama de llaves, que esperen a reunirse todos.

EL MANCO DE GONDAR. — Dile que tenemos de recorrer otras puertas.

EL TULLIDO DE CÉLTIGOS. — No basta una sola para llenar las alforjas.

EL MORCEGO. — Los ricos, como no pasan trabajos...

LA MUJER DEL MORCEGO. — Padre nuestro, que estáis en los cielos...

Por un sendero del jardín aparece la Señora del palacio, que viene cogiendo rosas. A su lado, la Madre Cruces habla conqueridora, y la dama suspira con desmayo. Es una figura pálida y blanca, con aquel encanto de melancolía que los amores muertos ponen en los ojos y en la sonrisa de algunas mujeres.

LA MADRE DE CRUCES. — ¡Y cómo me place ver a mi señora con las colores de una rosa!

LA DAMA. — De una rosa sin color, Madre Cruces.

LA MADRE CRUCES. — Y todavía no la dije algo que habrá de alegrarla. ¡Esperando que me preguntase!

LA DAMA. — ¡Sin preguntarte lo sé!

LA MADRE CRUCES. — ¿Que lo sabe?

LA DAMA. — ¡Ojalá pudiera equivocarme!

LA MADRE CRUCES. — No es cosa para que suspire. Son nuevas de un caballero muy galán.

Viendo llegar a la Señora, la hueste de mendigos, que derramada por la escalinata espera la limosna, se incorpora y junta con murmullo de bendiciones. En el sendero la dama se detiene para oír a la vieja conqueridora, y torna a suspirar. Sus ojos tienen esa dulzura sentimental que dejan los recuerdos cuando son removidos, una vaga nostalgia de lágrimas y sonrisas, algo como el aroma de esas flores marchitas que guardan los enamorados.

LA QUEMADA. — Aquí está la señora.

MINGUIÑA. — ¡Bendígala Dios!

PAULA. — Y le dé la recompensa de tanto bien como hace a los pobres.

El Tullido de Céltigos. — ¡Parece una reina!

La Quemada. — ¡Parece una santa del cielo!

Minguiña. — ¡Es la misma Nuestra Señora de los Ojos Grandes que está en Céltigos!

La Dama. — ¿Cómo sigue tu marido, Liberata?

La Quemada. — ¡Siempre lo mismo, mi señora! ¡Siempre lo mismo!

La Dama. — ¿Es tuyo ese niño, Paula?

Paula. — No, mi señora. Era de una curmana que se ha muerto. Tres ha dejado la pobre: éste es el más pequeño.

La Dama. — ¿Y tú lo has recogido?

Paula. — La madre me lo recomendó al morir.

La Dama. — ¿Y qué es de los otros dos?

Paula. — Por esos caminos andan. El uno tiene siete años, el otro nueve... Pena da mirarlos desnudos como ángeles del cielo.

La Dama. — Vuelve mañana, y pregunta por Doña Malvina.

Paula. — ¡Gracias, mi señora! ¡Mi gran señora! ¡La pobre madre se lo agradecerá en el cielo!

La Dama. — Y a los otros pequeños tráelos también contigo.

Paula. — Los otros, mañana no sé dónde poder hallarlos.

El Señor Cidrán. — Los otros, aunque cativo, también tienen amparo. Los ha recogido Bárbara la Prisca, una viuda lavandera que también a mí me tiene recogido.

La Dama. — ¡Pobre mujer!

La Madre Cruces. — Bárbara la Prisca casó con un sobrino de mi difunto. ¡Es una santa de Dios!

La Dama. — La conozco, Madre Cruces.

Seguida de la vieja conqueridora, la Señora del palacio se aleja lentamente, y a los pocos pasos, suspirando con fatiga, se sienta a la sombra de los rosales, en un banco de piedra cubierto de hojas secas. Enfrente se abre la puerta del laberinto misterioso y verde. Sobre la clave del arco se alzan dos quimeras manchadas de musgo y un sendero sombrío, un solo sendero, ondula entre los mirtos. Muy lejano, se oye el canto de los mirlos guiados por la flauta que tañe Florisel.

LA MADRE CRUCES. — Y tornando al cuento pasado. ¿Dice que sabe la nueva?

LA DAMA. — ¡Ojalá me equivocase! Tú traes una carta para mí, Madre Cruces.

LA MADRE CRUCES. — ¿Cómo lo sabe?

LA DAMA. — ¡No me preguntes cómo lo sé! ¡Lo sé!

LA MADRE CRUCES. — ¿Quién ha podido decírselo? ¡Si fué una misma cosa entregarme la carta el señor mi Marqués y ponerme en camino!

LA DAMA. — No me lo ha dicho nadie. Yo lo sentí dentro del corazón, como una gran angustia, cuando te vi llegar. ¡Y no me atrevía a preguntarte!

LA MADRE CRUCES. — ¡Como una gran angustia! Yo presumo que el señor mi Marqués viene de tan lejanas tierras solamente por ver a mi señora.

LA DAMA. — Viene porque yo le llamé, y ahora me arrepiento. A mí me basta con saber que me quiere. Temía que me hubiese olvidado y le escribí, y ahora que estoy segura de su cariño temo verle.

La Señora del palacio queda un momento con la carta entre sus manos cruzadas contemplando el jardín. En la rosa pálida de su boca tiembla una sonrisa, y los ojos brillan con dos lágrimas rotas en el fondo. Las flores esparcidas sobre su falda aroman aquellas manos blancas y transparentes. ¡Divinas manos de enferma! Suspirando abre la carta. Mientras lee asoma en la puerta del jardín una niña desgreñada, con ojos de poseída, que clama llena de un terror profético, al mismo tiempo que se estremece bajo sus harapos: Es Adega la Inocente.

ADEGA LA INOCENTE. — ¡Ay de la gente que no tiene caridad! Los canes y los rapaces córrenme a lo largo de los senderos. Mozos y viejos asoman tras de las cercas y de los valladares para decirme denuestos. ¡Ay de la gente que no tiene caridad! ¡Cómo ha de castigarla Dios Nuestro Señor!

MINGUIÑA. — Ya la castiga. Mira cómo secan los castañares, mira cómo perecen las vides. Esas plagas vienen de muy alto.

ADEGA LA INOCENTE. — Otras peores tienen que venir. Se morirán los rebaños sin quedar una triste oveja, ¡y su carne se volverá ponzoña! ¡Tanta ponzoña que habrá para envenenar siete reinos!

EL SEÑOR CIDRÁN. — ¡La cuitada es inocente! No tiene sentido.

MINGUIÑA. — Entra, rapaza, que aquí nadie te hará mal. Dame dolor de corazón el verla.

Adega la Inocente responde levantando los brazos, como si evocase un lejano pensamiento profético, y los vuelve a dejar caer. Después, cubierta la cabeza con el manteo, entra en el jardín lenta y llena de misterio. Así, arrebujada, parece una sombra milenaria. Tiembla su carne y los ojos fulguran calenturientos bajo el capuz del manteo. En la mano trae un manojo de yerbas que esconde en el seno con vago gesto de hechicería. Estremeciéndose va a sentarse entre las dos abuelas mendigas Minguiña y la Quemada. En tanto, la Señora del Palacio, allá en el fondo del jardín, sentada en el banco que tiene florido espaldar de rosales, termina de leer la carta.

LA DAMA. — ¡Qué tortura!

LA MADRE CRUCES. — Bien se me alcanza lo que a mi señora le acontece. Como no puede retenerle largo tiempo, teme el dolor de la ausencia.

LA DAMA. — ¡Lo que yo temo es ofender a Dios! ¡Sólo de pensar que puede aparecer ahora mismo tiemblo y desfallezco! ¡Y la idea de no verle me horroriza! Cuéntame qué te dijo. ¿Cómo fué el darte esta carta?

LA MADRE CRUCES. — Esta mañana llegó al molino como de cacería. Yo, al pronto, le desconocí. Tiene todos los cabellos blancos, que parecen de plata. Quedóse parado en la puerta mirándome muy fijo. Ante un caballero tan lleno de majestad, me puse de pie, y ha sido cuando me habló y le reconocí.

LA DAMA. — ¿Y qué te dijo?

La Madre Cruces. — Pues, díjome estas mismas palabras: Madre Cruces, ¿hace mucho que has visto a mi pobre Concha? Toda asombrada quedéme sin acertar a responderle. Entonces sacó del bosillo la carta y me la entregó.

La Dama. — ¿No te habló más?

La Madre Cruces. — Nada más, mi reina.

La Dama. — ¿No te dijo que yo le esperaba?

La Madre Cruces. — Nada me dijo.

La Dama. — ¿Ni de dónde venía?

La Madre Cruces. — Nada.

La Dama. — ¿Y tú no le preguntaste?

La Madre Cruces. — No me atreví. El verle aparecer de aquella manera habíame impuesto. Eso sí, parecióme más triste.

La Dama. — ¡Dos años hace que no le veo! Fué aquí, en este mismo jardín, donde nos dijimos adiós. Yo creí morir, pero no es cierto que maten las penas.

La Madre Cruces. — No mata ningún mal de este mundo. Es que Dios elige a los suyos.

La Dama. — Di, Madre Cruces, ¿por qué te ha parecido triste?

La Madre Cruces. — Yo no sé si será aquella cabellera toda blanca. Y agora recuerdo otras palabras del señor mi Marqués. ¡Fueron tan pocas!

La Dama. — ¡Tan pocas y aun las olvidas! Repíteme todo lo que él dijo.

La Madre Cruces. — Pues díjome: ¿Mi pobre Concha sigue siempre triste? ¿Conserva aquella mirada de criatura enferma que estuviese pensando en la otra vida?

La Dama. — ¡Sigue llamándome su pobre Concha!

La Madre Cruces. — Siempre que habla de mi señora la nombra así.

La Dama. — ¡Su pobre Concha!... Y bien pobre, y

bien digna de lástima. Le quise desde niña, y crecí, y fuí mujer y me casaron con otro hombre, sin que él hubiese sospechado nada. ¡Aquellos ojos eran a la vez ciegos y crueles!... Después, cuando se fijaron en mí, ya sólo podían hacerme más desgraciada.

Hay un silencio largo donde se oye el zumbar de un tábano entre los rosales. La Señora del palacio, con la cara entre las manos, ha quedado como abstraída: sus ojos, sus hermosos ojos de enferma, miran a lo lejos y miran sin ver. El tábano revolotea mareante y soñoliento. La vieja conqueridora le sigue con la mirada. Muchas veces deja de verle, pero el zumbido constante de sus alas le anuncia. La Madre Cruces un momento persigue con la mano el vuelo que pasa ante sus ojos y sonríe.

La Madre Cruces. — Este tábano rojo algo bueno anuncia.

La Dama. — Yo creía que era mal agüero, Madre Cruces.

La Madre Cruces. — No, mi reina. Mal agüero si fuese negro. Ese mismo lo vide antes.

La Dama. — ¿Y qué puede anunciarme?

La Madre Cruces. — Que presto llegará el galán que consuele ese corazón.

La Dama. — ¡Consuelo! Yo no sé qué es mayor angustia, si saber que está cerca, si llorarle lejos. ¿Por dónde viene?

La Madre Cruces. — Por seguro que caminando adonde le esperan.

La Dama. — Si cierro los ojos, le veo en medio de un camino, pero su cara no la distingo. ¿Dices que está triste?

La Madre Cruces. — ¡Menos lo estaría si tanto no recordase a quien le quiere!

La Dama. — ¿Tú crees que me haya recordado siempre?

La Madre Cruces. — Claramente. ¿Pues no ha venido apenas fué llamado? ¡Y cómo suspiró al darme la carta!

La Dama. — ¡No suspirará más tristemente que suspiro yo!

La Madre Cruces. — Pues hace mal mi señora cuando sabe que es tan bien querida. Y siempre vale mejor que pene uno solo. Viendo triste al buen caballero decíame entre mí: Suspira, enamorado galán, suspira, que todo lo merece aquella paloma blanca.

La Dama. — ¡Cuánto tarda! ¿Cómo el corazón no le dice todo mi afán?

La Madre Cruces. — El corazón es por veces tan traidor.

La Dama. — ¡El mío es tan leal!

La Madre Cruces. — ¡Cuitado pajarillo! ¿Mas qué tiene mi reina que tiembla toda?

La Dama. — No es nada, Madre Cruces.

La Madre Cruces. — Vamos al palacio.

La Dama. — Quería esperarle aquí, en el jardín donde nos separamos.

La Madre Cruces. — Antaño, cuando niños, algunas veces los he visto jugar bajo estas sombras. Apenas si recordará.

La Dama. — ¡Me acuerdo tanto! No jugaba conmigo, jugaba con mis hermanas mayores, que tenían su edad. Solía traerlo mi abuelo en su yegua, cuando volvía de Viana del Prior, donde estaba con su tío. El viejo Marqués era tu padrino, ¿verdad, Madre Cruces?

La Madre Cruces. — Sí, mi reina. Padrino como cumple, de bautizo y de boda. Un caballero de aquellos cual no quedan, un gran caballero, como lo era su primo, el señor de este palacio.

La Dama. — ¡Pobre abuelo!

La Madre Cruces. — Mejor está que nosotros, allá en el mundo de la verdad.

La Dama. — Si viviese no sería yo tan desgraciada.

La Madre Cruces. — Nuestras tribulaciones son obra

de Dios, y nadie en este mundo tiene poder para hacerlas cesar.

La Dama. — Porque nosotros somos cobardes, porque tememos la muerte.

La Madre Cruces. — Yo, mi señora, no la temo. Tengo ya tantos años que la espero todos los días, porque mi corazón sabe que no puede tardar.

La Dama. — Yo también la llamo, Madre Cruces.

La Madre Cruces. — Mi señora, yo llamarla, jamás. Podría llegar cuando mi alma estuviese negra de pecados.

La Dama. — Yo la llamo, pero le tengo miedo. Si no le tuviese miedo, la buscaría.

La Madre Cruces. — ¡No diga tal, mi señora, no diga tal!

En la escalinata, donde verdean yerbajos desmedrados que las palomas picotean, asoma una vieja ama de llaves vestida con hábito del Carmelo. Se llama Doña Malvina. Aventa un puñado de maíz, y las palomas acuden a ella. Doña Malvina ríe con gritos de damisela, y llevando una paloma en cada hombro, baja al jardín, alzada muy pulcramente la falda para caminar por los senderos, y llega adonde está la Señora.

Doña Malvina. — ¡Que la humedad de esos árboles no puede serle buena!

La Dama. — ¡Dentro de un momento acaso llegue aquel a quien espero hace tanto tiempo!...

Doña Malvina. — ¡El señor Marqués!

La Dama. — Tú nunca dudaste que viniese.

Doña Malvina. — ¡Nunca!

La Dama. — Yo lo dudé, e hice mal.

Doña Malvina. — ¿Cuándo ha tenido usted noticia de su llegada?

La Dama. — Ahora.

La Madre Cruces. — Yo la truje, Doña Malvina.

La Dama. — Quería esperarle aquí. Me mata la impaciencia.

Doña Malvina. — ¡Tiene las manos heladas!

La dama calla y parece soñar. En medio de aquel silencio leve y romántico, resuena en el jardín festivo ladrar de perros y música de cascabeles, al mismo tiempo que una voz grave y eclesiástica se eleva desde el fondo de mirtos como un canto gregoriano. Es la voz del Abad de Brandeso. El tonsurado solía recaer por el palacio, terminada la misa, para tomar chocolate con la Señora. Sus dos galgos le precedían siempre.

El Abad. — Excelentísima señora doña María de la Concepción Montenegro y Bendaña, Gayoso y Ponte de Andrade.

La Dama. — ¡Señor Abad, qué olvidado tiene usted el camino de esta casa!

El Abad. — No crea eso, mi buena amiga, pero estuve de viaje. Una consulta a Su Ilustrísima. Por cierto que el señor Provisor me ha dicho que estaba de vuelta nuestro gran Marqués. El señor Provisor, que le ha saludado en Roma cuando fué con la peregrinación, me contó que el pelo le ha blanqueado completamente. ¡Pues no tiene años para eso!

La Dama. — ¡Oh, no!

El Abad. — Es un muchacho. ¿Y qué magna empresa le habrá traído?

La Dama. — ¡Señor Abad!

El Abad. — Yo me la figuro. Nuestro ilustre Marqués trae una misión secreta del Rey.

La Dama. — No creo...

El Abad. — A mí no me extrañaría que volviese a estallar una nueva guerra. Yo confieso que la espero hace mucho tiempo. ¡Quieto, Carabel! ¡Quieto, Capitán!

La Dama. — Usted tomará chocolate, señor Abad. Ya lo sabes, Malvina.

Doña Malvina. — ¿Prefiere bollos de Viana, o bizcochos de las monjas de Velvis?

El Abad. — Hay que pensarlo, Doña Malvina: ¡Es un caso de conciencia!

La Dama. — Las dos cosas.

Doña Malvina. —¿Y cabello de ángel o dulce de guindas?

El Abad. —También le haré honor a los dos. No le dije que he tenido el gusto de ver a las niñas. Ya sé que la visitarán muy pronto.

Después de cambiar una mirada, se alejan discretas, hacia el palacio, la dueña y la Madre Cruces. Van comentando en voz baja, y de tiempo en tiempo se detienen en el sendero de mirtos, para arrancar una brizna de yerba o enderezar un rosal que se deshoja al paso. Los mendigos que esperan sentados en la escalinata se incorporan lentamente y tienen una salutación de salmodia al verlas llegar. Doña Malvina, con movimientos de cabeza, esos movimientos graves y pausados de las dueñas gobernadoras, les recomienda paciencia, paciencia, paciencia.

La Dama. —¿Vió usted a mis hijas, señor Abad?

El Abad. —Usted no sabe que yo tengo una hermana monja en el Convento de la Enseñanza. Precisamente al entrar en el locutorio lo primero que descubrí tras de las rejas fué a las dos pequeñas. No sabía que se educasen allí. Su padre estaba visitándolas. ¡Aquí, Carabel! ¡Aquí, Capitán! Le hallé muy viejo, y sobre todo desmemoriado. No creí que hubiese quedado tan mal de este último ataque. Hemos hablado de usted.

La Dama. —¿Sabía la aparición del Marqués?

El Abad. —Si lo sabía, nada me ha dicho, y yo nada he podido colegir. Si algo me hubiese dicho, le habría contestado, como era mi deber, que el señor Marqués de Bradomín es un leal defensor del Rey, y que sólo ha venido aquí por la causa de la Religión y de la Patria.

La Dama. —Señor Abad, ¿cree usted que haya venido por eso?

El Abad. —Yo, ciertamente.

La Dama. —Pero usted no ignora...

El Abad. —No, no ignoro.

La Dama. —Y usted, ¿qué me aconseja?

El Abad. —Es tan grave el caso...

La Dama. —Sólo le veré para suplicarle que vuelva a su destierro, lejos, muy lejos de mí.

El Abad. — ¿Y tiene usted derecho para hacerlo? Si, como yo creo, le trae el interés supremo de una causa santa...

La Dama. — ¿Otra guerra?

El Abad. — Sí, otra guerra. Eso que algunos juzgan imposible, eso que hasta a los mismos Gobiernos liberales hace sonreír, y que, a despecho de la incredulidad de unos y de las burlas de otros, será.

La Dama. — Y yo, ¿qué debo hacer?

El Abad. — Rezar. Prescindir de cualquier interés mundano. Busque usted ejemplo en la vida de los santos. María Egipciaca, mirando al piadoso objeto de llegar a Jerusalén, no teniendo al pasar un río moneda que dar al barquero, le ofreció el don de su cuerpo. ¡Quieto, Carabel! ¡Quieto, Capitán!

La Dama. — ¡Qué gran consuelo me da usted, señor Abad!

El Abad. — ¡Aquí, Carabel! ¡Aquí, Capitán!

Los perros van y vienen con carreras locas, persiguiendo sobre la yerba la sombra de un largo bando de palomas que vuela en torno de la torre señorial. La dama y el clérigo conversan en un banco de piedra, sostenido por dos grifantes toscamente labrados, a los cuales da un encanto de arte el musgo que los cubre. La Señora escucha con los ojos bajos, entretenida en hacer un gran ramo con las rosas. Algunas quedan deshojadas en su falda, y las remueve lentamente, hundiendo en ellas sus manos de enferma, que parecen más pálidas entre la sangre de las rosas. La dama solía buscar aquel paraje del jardín para llorar sus penas. Le placía aquel retiro donde mirtos seculares dibujaban los cuatro escudos del fundador en torno de una fuente abandonada. Con lánguido desmayo se incorpora, y por la húmeda avenida de castaños se retorna al palacio, seguida del Abad. En la puerta del jardín asoma un ciego sin lazarillo, y los mendigos, al verle, hacen comentos.

Minguiña. — Ahí está Electus, el ciego de Gondar.

La Quemada. — ¡Famoso prosero!

Electus. — ¡Santa Lucía bendita vos conserve la amable vista y salud en el mundo para ganarlo! Dios vos otorgue que dar y que tener. Salud y suerte en el mundo para ganarlo. ¡Buenas almas del Señor, haced al pobre ciego un bien de caridad!

El Morcego. — Somos otros pobres, Electus.

Electus. — ¡Mía fe que os tuve por indianos!

La Quemada. — ¡Qué gran raposo!

El Manco de Gondar. — ¿Cómo vienes sin criado?

Electus. — Muy poco a poco. Como tengo de irme para no tropezar.

Minguiña. — Oye una fabla, Electus.

Electus. — Considera que bajo este peso me doblo. Deja tú que llegue adonde pueda reposarme.

El ciego sacude las alforjas escuetas, y algún mendigo, escondida la mano entre los harapos, se rasca y ríe. El ciego pone una atención sagaz, procurando reconocer las voces y las risas. Tanteando con el bordón, busca sitio en el corro. Es un viejo jocundo y ladino, que arrastra luenga capa, y cubre su cabeza con parda y puntiaguda montera.

La Quemada. — Aquí estamos esperándote con un dosel.

Electus. — Pues agora voy a sentarme debajo.

Minguiña. — Tú que andas por los caminos y tienes conocimiento en todas las aldeas, para un nieto mío, ¿no podrás darme razón de una casa donde me lo miren con blandura, pues nunca ha servido?

Electus. — ¿Qué tiempo tiene?

Minguiña. — El tiempo de ganarlo. Nueve años hizo por el mes de Santiago.

Electus. — Como él sea despierto, amo que le mire bien no faltará.

Minguiña. — Dios te oiga.

Electus. — Sí que me oirá. Aun cuando es muy viejo no está sordo.

Minguiña. — Deja las burlerías, Electus.

Aquel mendicante grosero tiene un grave perfil monástico, pero el pico de su montera parda, y su boca rasurada y aldeana, semejante a una gran sandía abierta, guardan todavía más malicia en sus decires, esos añejos decires de los jocundos arciprestes aficionados al vino, y a las vaqueras, y a rimar las coplas. Sucede un momento de silencio y el ciego, que está sentado a par de la vieja mendiga, alarga el brazo hacia el lado opuesto, y palpa, queriendo alcanzar a la Inocente.

Adega la Inocente. — Esté quedo, señor Electus.

Electus. — ¿Quién es?

Minguiña. — ¡Buen cazallo estás! Ya has venteado que es una rapaza.

Electus. — Y la rapaza, ¿qué hace?

Minguiña. — ¿Esta rapaza? Esta rapaza no es sangre mía.

Electus. — ¿No tienes padres, rapaza?

Adega la Inocente. — No, señor.

Electus. — ¿Y qué haces?

Adega la Inocente. — Ando a pedir.

Electus. — ¿Por qué no buscas un amo?

Adega la Inocente. — Ya lo busco, mas no le atopo.

La Quemada. — Los amos no se atopan andando por los caminos. Así atópanse solamente moras en los zarzales.

Electus. — Válate Dios. Pues hay que sacarse de andar por las puertas. Eso es bueno para nosotros los viejos, que al cabo de haber trabajado toda la vida no tenemos otro triste remedio. Los mozos débense al trabajo.

La Quemada. — Y no deben sacar la limosna a los verdaderos pobres.

Adega la Inocente. — ¡Pobres! Pronto lo serán todos los nacidos. Las tierras cansaránse de dar pan.

Minguiña. — Electus, no eches en olvido a mi rapaz.

Electus. — El rapaz, como sea despierto, acomodo habrá de tener, y buen acomodo. Al criado que tenía enantes abriéronle la cabeza en la romería de Santa Baya, y está que loquea. Aunque yo conozco los caminos mejor que muchos que tienen vista, un criado siempre es menester. ¡Y ser criado de ciego es acomodo que muchos quisieran!

La Quemada. — Y ser ciego con vista mejor acomodo.

Electus. — ¿Quién habla por ahí?

La Quemada. — Una buena moza.

Electus. — Para el señor Abade.

La Quemada. — Para folgar contigo. El señor Abade ya está muy acabado.

El Manco de Gondar. — ¿Y para mí no sabes de ningún acomodo?

El Tullido de Célticos. — ¿Y para mí?

Electus. — Tal que pueda conveniros, solamente sé de uno.

El Tullido de Célticos. — ¿Dónde?

Electus. — En la villa. Las dos nietas del señor mi Conde. Dos rosas frescas y galanas. Para cada uno de vosotros la suya.

Se alboroza la hueste y el ciego permanece atento y malicioso, gustando el rumor de las risas como los ecos de un culto, con los ojos abiertos, inmóviles, semejante a un dios primitivo, aldeano y jovial. En este tiempo baja la escalinata y cruza por entre los mendigos el señor Abad de Brandeso.

El Abad. — ¡Aquí, Carabel! ¡Aquí, Capitán!

Minguiña. — ¡Nuestro Señor le acompañe!

El Abad. — ¡Adiós!

La Quemada. — ¡Vaya muy dichoso!

El Abad. — ¡Adiós!

El Manco de Gondar. — ¡Páselo muy bien!

El Abad. — ¡Adiós!

Electus. — ¡Vaya muy dichoso el señor Abade y la su compaña!

La Quemada. — No lleva compaña.

Electus. — ¿Cómo no lleva compaña?

Minguiña. — No la lleva.

ELECTUS. — Vos queréis burlar del ciego. ¿Pues no lleva los canes?

LA QUEMADA. — ¡Válate un diaño!

EL MANCO DE GONDAR. — ¿Pues no dice?...

Florisel sale del palacio acompañando a la dueña de los cabellos blancos, cargado con una cesta, de donde desbordan las espigas del maíz. Aquella es la limosna que habrá de repartirse entre la hueste de mendicantes, y todos se atropellan por acudir a cobrarla. Doña Malvina alza los brazos con un susto pueril.

DOÑA MALVINA. — ¡Despacio! ¡Despacio!

ELECTUS. — Primero deberíais rezar por todos los difuntos de la señora.

EL MANCO DE GONDAR. — Eso dices porque te dejemos ir delantero.

LA QUEMADA. — ¡Condenado raposo, cuántas mañas sabe!

ELECTUS. — ¿Quién habla que parece el canto de un pájaro del cielo?

LA QUEMADA. — Ya te dije enantes que una buena moza.

ELECTUS. — Y yo te dije que fueses adonde el señor Abade.

LA QUEMADA. — Déjame reposar primero.

ELECTUS. — Vas a perder las colores.

Nuevamente ríen los mendigos. El ciego recibe la limosna antes que ninguno, y entona su prosa de benditas gracias, con la montera colgada en el bordón. De aquella salmodia sólo se percibe un grave murmullo que tiene algo de eclesiástico. La Inocente, olvidada de la limosna, vaga por el jardín cogiendo rosas. Doña Malvina alza los brazos y la voz.

DOÑA MALVINA. — ¡Eh!... Tú, rapaza, no arranques las flores.

ADEGA LA INOCENTE. — ¡No! ¡No!

DOÑA MALVINA. — Luego se enoja la señora.

ADEGA LA INOCENTE. — Sí... sí... La señora las cuida con las sus manos blancas, y solamente ella puédelas coger.

El Tullido de Céltigos. — ¡Pobre rapaza! A la cuitada acúdela por veces un ramo cativo, y mete dolor de corazón verla correr por los caminos, cubierta de polvo, con los pies sangrando.

Doña Malvina, desde lo alto de la escalinata, vigila el reparto de la limosna. Los mendigos, después de recibirla, salmodian un rezo. Florisel va de uno en otro llenando las alforjas. Las dos viejas, Minguiña y la Quemada, la reciben juntas y besan las espigas.

Minguiña. — Sé buen cristiano, hijo mío; que en buena casa estás.

Florisel. — A mí paréceme que la conozco. ¿Vostede no me dijo que era de San Clemente?

Minguiña. — De allí soy, y allí tengo todos mis difuntos.

Florisel. — Yo soy poco desviado.

Minguiña. — ¿Y cómo has venido a servir en el palacio?

Florisel. — La señora es mi madrina. Yo me llamo Florisel.

Adega la Inocente. — ¡Florisel! ¡Qué lindo pudo ser el santo que tuvo ese nombre, que mismo parece cogido en los jardines del cielo!

El Marqués de Bradomín llega a caballo, y se detiene en la puerta bajo el arco que tiene cimeros cuatro blasones de piedra. Piafa el potro que monta, y sobre la losa del umbral, que parece una sepultura, los herrados cascos resuenan fanfarrones, valientes y marciales, con el noble estrépito de las espadas y de los broqueles. La hidalga figura del jinete desaparece bajo un capote de cazador y una boina de terciopelo cubre su guedeja romántica, que comienza a ser de plata.

Doña Malvina. — ¡El señor Marqués! Tenle el estribo, Florisel.

Adega la Inocente. — ¡Quiera Dios que encuentre a la señora con los colores de una rosa! ¡Así la encuentre como una rosa en su rosal!

Doña Malvina. — ¡Págüele Dios el haber venido! Ahora verá a la señorita. ¡Cuánto tiempo la pobre suspirando por verle! No quería escribirle. Pensaba que ya la tendría olvidada. Yo he sido quien la convenció de que no. ¿Verdad que no, señor Marqués?

El Marqués de Bradomín. —No... Pero, ¿dónde está?

Doña Malvina. — Quiso esperarle en el jardín. Es como los niños, ya el señor lo sabe. Con la impaciencia temblaba hasta batir los dientes, y tuvo que echarse.

El Marqués de Bradomín. —¿Tan enferma está?

Doña Malvina. — Muy enferma, señor. No se la conoce.

Adega la Inocente. — Cuando se halle con la señora mi Condesa, póngale, sin que ella lo vea, estas hierbas bajo la almohada. Con ellas sanará. Las almas son como los ruiseñores: todas quieren volar. Los ruiseñores cantan en los jardines, pero en los palacios del rey se mueren poco a poco.

Doña Malvina. — ¡No haga caso, señor! ¡La pobre es inocente!

Electus. — Rapaces, que tocan las doce, y es cuando Nuestro Señor se sienta a la mesa y bendice a toda la Cristiandad.

Bajo los viejos árboles, que cuentan la edad del palacio, los mendigos se arrodillan y rezan a coro. Las campanas de la aldea tocan a lo lejos, y pasa su anuncio sobre la fronda del jardín como un vuelo de tórtolas. Una sombra blanca aparece en lo alto de la escalinata.

La Dama. — ¡Ya llegas! ¡Ya llegas, mi vida! ¡Temí que no vinieses, y no verte más!

El Marqués de Bradomín. — ¿Y ahora?

La Dama. — ¡Ahora soy feliz!

## ASÍ TERMINA LA PRIMERA JORNADA

# SEGUNDA JORNADA

El sol poniente dora los cristales del mirador. Es un mirador tibio y fragante. Gentiles arcos cerrados por vidrieras de colores le flanquean con ese artificio del siglo galante, que imaginó las pavanas y las gavotas. En cada arco las vidrieras forman tríptico, y puede verse el jardín en medio de una tormenta, en medio de una nevada y en medio de un aguacero. Aquella tarde el sol de otoño penetra hasta el centro, triunfante, como la lanza de un arcángel. El Marqués de Bradomín lee un libro. Florisel, con la montera entre ambas manos, asoma en la puerta.

Florisel. — ¿Da su permiso?

El Marqués de Bradomín. — Adelante.

Florisel. — Dice la señorita, mi ama, que me mande en cuanto se le ofrezca.

El Marqués de Bradomín. — ¿Tú sirves aquí en el palacio?

Florisel. — Sí, señor.

El Marqués de Bradomín. — ¿Hace mucho tiempo?

Florisel. — Va para dos años.

El Marqués de Bradomín. — ¿Y qué haces?

Florisel. — Pues hago todo lo que me mandan.

El Marqués de Bradomín. — ¡Pareces un filósofo estoico!

Florisel. — Y puede que lo parezca, sí, señor.

El Marqués de Bradomín. — ¿Fué la señorita quien te ha mandado venir?

Florisel. — Sí, señor. Hallábame yo en la solana adeprendiéndole la riveirana a los mirlos nuevos, que los otros ya la tienen bien adeprendida, cuando la señorita bajó al jardín y me mandó venir.

El Marqués de Bradomín. — ¿Tú aquí eres el maestro de los mirlos?

Florisel. — Sí, señor.

El Marqués de Bradomín. — ¿Y ahora, además, eres mi paje?

Florisel. — Sí, señor.

El Marqués de Bradomín. — ¡Altos cargos!

Florisel. — Sí, señor.

El Marqués de Bradomín. — ¿Y cuántos años tienes?

Florisel. — Paréceme, paréceme que han de ser doce, pero no estoy cierto.

El Marqués de Bradomín. — Antes de venir al palacio, ¿dónde estabas?

Florisel. — Servía en la casa de Don Juan Manuel Montenegro, que es tío de la señorita.

El Marqués de Bradomín. — ¿Y qué hacías allí?

Florisel. — Allí enseñaba al hurón.

El Marqués de Bradomín. — ¡Otro cargo palatino!

Florisel. — Sí, señor.

El Marqués de Bradomín. — ¿Y cuántos mirlos tiene la señorita?

Florisel. — Tan siquiera uno. Son míos... Cuando los tengo bien adeprendidos se los vendo.

El Marqués de Bradomín. — ¿A quién se los vendes?

Florisel. — Pues a la señorita, que me los merca todos. ¿No sabe que los quiere para echarlos a volar? La señorita desearía que silbasen la riveirana sueltos en el jardín; pero ellos se van lejos. Un domingo, por el mes de San Juan, venía yo acompañando a la señorita. Pasados los prados de Lantañón, vimos un mirlo que, muy puesto en las ramas de un cerezo, estaba cantando la riveirana. Acuérdome que entonces dijo la señorita: "Míralo, adónde se ha venido el caballero".

El Marqués de Bradomín. — Es una historia digna de un romance. Tú mereces ser paje de una reina y cronista de un reinado.

Florisel. — Hace falta suerte, que yo no tengo.

El Marqués de Bradomín. — Di ¿qué es más honroso, enseñar hurones o mirlos?

Florisel. — Todo es igual.

El Marqués de Bradomín. — ¿Y cómo has dejado el servicio de Don Juan Manuel Montenegro?

Florisel. — Porque ya tiene muchos criados. ¡Qué gran caballero es Don Juan Manuel! Dígole que en el Pazo todos los criados le tenían miedo. Don Juan Manuel es mi padrino, y fué quien me trujo al palacio para que sirviese a la señorita.

El Marqués de Bradomín. — ¿Y dónde te iba mejor?

Florisel. — Al que sabe ser humilde, en todas partes le va bien.

El Marqués de Bradomín. — ¡Es una réplica calderoniana! ¡También sabes decir sentencias! Ya no puede dudarse de tu destino: Has nacido para vivir en un palacio, educar mirlos, amaestrar los hurones, ser ayo de un príncipe y formar el corazón de un gran rey.

Florisel. — Para eso, además de suerte, hacen falta muchos estudios.

Por la avenida de mirtos llega una sombra blanca: sus manos de fantasma tocan en los cristales del mirador. El jardín se esfuma en la vaga luz del crepúsculo. Los cipreses y los laureles cimbrean con augusta melancolía sobre las fuentes abandonadas; algún tritón cubierto de hojas borbotea a intervalos su risa quimérica, y el agua tiembla en la sombra con latido de vida misteriosa y encantada. Se oye una risa de plata que parece timbrarse con el rumor de la fuente.

La Dama. — ¿Tienes ahí a Florisel?

El Marqués de Bradomín. — ¿Florisel es el paje?

La Dama. — Sí.

El Marqués de Bradomín. — Parece bautizado por las hadas.

La Dama. — Yo soy su madrina.

Florisel. — ¿Qué me mandaba?

La Dama. — Que subas estas rosas. Todas son para ti, Xavier.

La sombra, que se esfuma detrás de los cristales, muestra su falda donde las rosas desbordan como el fruto ideal de unos amores que sólo floreciesen en los besos.

El Marqués de Bradomín. — Estás desnudando el jardín.

La Dama. — Algunas se han deshojado. ¡Míralas, qué lástima!

El Marqués de Bradomín. — Es el otoño que llega.

La Dama. — ¡Ah, qué fragancia!

Hunde en aquella frescura aterciopelada sus mejillas pálidas, y alza la cabeza y respira con delicia, cerrando los ojos y sonriendo, cubierto el rostro de rocío, como otra rosa, una rosa blanca. A modo de lluvia, arroja sobre el Marqués de Bradomín las rosas deshojadas en su falda.

El Marqués de Bradomín. — Volveremos a recorrer juntos el jardín y el palacio.

La Dama. — Como en otro tiempo, cuando éramos niños.

El Marqués de Bradomín. — ¡Hermosos y lejanos recuerdos!

La Dama. — Cuando te fuiste, yo elegí este retiro para toda mi vida.

El Marqués de Bradomín. — Es más poético que un convento.

La Dama. — No te burles de mi pena, Xavier.

El Marqués de Bradomín. — No me burlo, Concha: solamente me sonrío, y una sonrisa es a veces más triste que las lágrimas.

La Dama. — Yo sé eso. En esta hora de la tarde el jardín parece lleno de recogimiento.

El Marqués de Bradomín. — El jardín y el palacio tienen esa vejez señorial y melancólica de los lugares por donde en otro tiempo pasó la vida amable de la galantería y del amor. Bajo la fronda del laberinto, sobre las terrazas y en los salones, han florecido las risas y los madrigales, cuando las manos blancas que en los viejos retratos sostienen apenas los pañolitos de encaje iban deshojando las margaritas que guardan el cándido secreto de los corazones.

La Dama. — ¡Mis manos también las han deshojado!

El Marqués de Bradomín. — Y las hojas, al volar, te han dicho cuánto yo te quería.

La Dama. — Me han engañado.

El Marqués de Bradomín. — ¡Divinas manos de Dolorosa!

La Dama. — Manos de muerta.

El Marqués de Bradomín. — Manos de princesa encantada, que han de guiarme en una amorosa peregrinación a través del palacio y del jardín.

La Dama. — Como en otro tiempo, cuando yo te guiaba para que jugásemos, unas veces en la torre, otras en la biblioteca, otras en aquel mirador ya derruído que daba sobre las tres fuentes. ¡Tiempos aquéllos en que nuestras risas locas y felices turbaban el recogimiento del palacio y se desvanecían por los corredores oscuros, por los salones, por las antesalas!

El Marqués de Bradomín. — Y al abrirse lentamente las puertas de floreados herrajes, exhalábase del fondo de los salones el aroma lejano de otras vidas.

La Dama. — ¡Tú también te acuerdas! ¿Y te acuerdas de un salón que tiene de corcho el estrado? Allí nuestras pisadas no despertaban rumor alguno.

El Marqués de Bradomín. — En el fondo de los espejos el salón se prolongaba hasta el ensueño, como en un lago encantado, y los personajes de los retratos parecían vivir olvidados en una paz de siglos.

La Dama. — ¿Te acuerdas? ¿Y te acuerdas cuando nos cogíamos de la mano para saltar delante de las consolas y ver estremecerse los floreros cargados de rosas, y los fanales adornados con viejos ramajes y los candelabros?...

El Marqués de Bradomín. — ¡También me acuerdo, Concha! Mi alma está cubierta de recuerdos como ese viejo jardín está cubierto de hojas. Es el otoño que llega para todos. Concha, tú sonríes, y en tu sonrisa siento el pasado, como un aroma entrañable de flores marchitas que trae alegres y confusas memorias.

Hay un silencio. En la penumbra de la tarde las voces apagadas tienen un profundo encanto sentimental, y en la oscuridad crece el misterio de los rostros y de las sonrisas. Lentamente la dama alza su mano diáfana como mano de fantasma y toca la mano del Marqués de Bradomín.

La Dama. — ¿En qué piensas, Xavier?

El Marqués de Bradomín. — En el pasado, Concha.

La Dama. — Tengo celos de él.

El Marqués de Bradomín. — Es el pasado de nuestros amores.

La Dama. — ¡Qué triste pasado! Fué allá, en el fondo del laberinto, donde nos dijimos adiós.

El Marqués de Bradomín. — Y, como ahora, los tritones de la fuente borboteaban su risa, aunque entonces tal vez nos haya parecido que lloraban.

La Dama. — Todo el jardín estaba cubierto de hojas, y el viento las arrastraba delante de nosotros con un largo susurro. Las últimas rosas de otoño empezaban a marchitarse y esparcían ese aroma indeciso que tiene la melancolía de los recuerdos. Nos sentamos en un banco de piedra. Ante nosotros se abría la puerta del laberinto, y un sendero, un solo sendero, ondulaba entre los mirtos como el camino de una vida solitaria y triste. ¡Mi vida desde entonces!

EL MARQUÉS DE BRADOMÍN. — ¡Nuestra vida!

LA DAMA. — Y todo permanece lo mismo, y sólo nosotros hemos cambiado.

EL MARQUÉS DE BRADOMÍN. — No hemos podido ser como los tritones de la fuente, que en el fondo del laberinto aun ríen, con su risa de cristal, sin alma y sin edad.

LA DAMA. — Te escribí que vinieses, porque entre nosotros ya no puede haber más que un cariño ideal... Y enferma como estoy, deseaba verte antes de morir. Y ahora me parece una felicidad estar enferma. ¿No lo crees? Es que tú no sabes cómo yo te quiero.

Exhala las últimas palabras como si fuesen suspiros, y con una mano se cubre los ojos. El Marqués de Bradomín besa aquella mano sobre el rostro, y después la aparta dulcemente. Los ojos, los hermosos ojos de enferma, llenos de amor, le miran sin hablar, con una larga mirada. Por la vieja avenida de mirtos, que parece flotar en el rosado vapor del ocaso, se ve venir al señor Abad de Brandeso.

EL ABAD. — ¡Vamos, Carabel! ¡Vamos, Capitán!

LA DAMA. — Aquí tenemos al Abad de Brandeso.

EL ABAD. — Saludo a mi lustre feligresa y al no menos ilustre Marqués de Bradomín.

EL MARQUÉS DE BRADOMÍN. — Señor Abad, cuántos años sin vernos. Yo le hacía a usted cuando menos canónigo.

EL ABAD. — De esta madera se hacen, señor Marqués.

EL MARQUÉS DE BRADOMÍN. — Y los papas también.

EL ABAD. — Los papas, yo no diré tanto. ¡Quieto, Carabel! ¡Quieto, Capitán!

EL MARQUÉS DE BRADOMÍN. — Y qué, ¿hay todavía muchas perdices por esta tierra?

EL ABAD. — Todavía hay algunas.

El Marqués de Bradomín. — Usted siempre tan incansable cazador.

El Abad. — Ya no soy aquel que era. Los años quebrantan peñas. Cuatro anduve por las montañas de Navarra con el fusil al hombro, y hoy me canso apenas salgo a dar un paseo con la escopeta y los perros. ¿Y qué se ha hecho el señor Marqués durante tantos años por esas tierras extranjeras? ¿Cómo no ha pensado en escribir un libro de sus viajes?

El Marqués de Bradomín. — Ya escribo mis memorias.

El Abad. — ¿Serán muy interesantes?

La Dama. — Lo más interesante no lo dirá.

El Marqués de Bradomín. — Digo sólo mis pecados.

El Abad. — De nuestro ilustre Marqués se cuentan cosas verdaderamente extraordinarias. Las confesiones, cuando son sinceras, encierran siempre una gran enseñanza: recordemos las de San Agustín.

El Marqués de Bradomín. — Yo no aspiro a enseñar, sino a divertir, señor Abad. Toda mi doctrina está en una sola frase. ¡Viva la bagatela! Para mí, la mayor conquista de la humanidad es haber aprendido a sonreír.

La Dama. — Yo creo que habremos sonreído siempre.

El Marqués de Bradomín. — Es una conquista. Durante muchos siglos, los hombres fueron absolutamente serios. En la Historia hay épocas enteras en las cuales no se recuerda ni una sola sonrisa célebre. En la Biblia, Jehová no sonríe, y los patriarcas y los profetas tampoco.

El Abad. — Ni falta que les hacía. Los patriarcas y los profetas por seguro que no habrían dicho «Viva la bagatela», como nuestro ilustre Marqués.

El Marqués de Bradomín. — Y en cambio, cuando llegaba la ocasión, cantaban, bailaban y tocaban el arpa.

El Abad. — Señor Marqués de Bradomín, procure usted no condenarse por bagatela.

La Dama. — En el infierno debió haberse sonreído siempre. ¿No se dice sonrisa mefistofélica?

El Marqués de Bradomín. — El diablo ha sido siempre un ser superior.

El Abad. — No le admiremos demasiado, señor Marqués. Ese es el maniqueísmo. Ya se me alcanza que usted adopta ese hablar ligero para ocultar mejor sus propósitos.

El Marqués de Bradomín. — ¿Mis propósitos?

El Abad. — La misión secreta que trae del Rey nuestro señor.

El Marqués de Bradomín. — ¿Una misión secreta? ¿De veras sospecha usted eso?

El Abad. — Y conmigo, muchos. Yo comprendo que ciertas negociaciones deben ser reservadas; pero, a fe, no creía que eso rezase con un viejo veterano.

El Marqués de Bradomín. — ¡Pero señor Abad! ¿Cómo imagina usted que yo ande en una aventura tan loca?

La Dama. — Por lo mismo que es loca.

El Abad. — ¿No sigue usted fiel a la Causa?

El Marqués de Bradomín. — Sí.

El Abad. — Pues entonces...

El Marqués de Bradomín. — Señor Abad, yo soy carlista por estética. El carlismo tiene para mí la belleza de las grandes catedrales. Me contentaría con que lo declarasen monumento nacional.

El Abad. — Confieso que no conocía esa clase de carlistas.

El Marqués de Bradomín. — Los carlistas se dividen en dos grandes bandos: uno, yo, y el otro, los demás.

La Dama. — ¡Uno, tú!

El Marqués de Bradomín. — Y tú...

El Abad. — Señor Marqués, usted está tocado de ese terrible gusano de la burla. ¡Volterianismos! ¡Volterianismos de la Francia! Palabra de honor, señor Marqués, ¿no trae usted una misión del Rey?

El Marqués de Bradomín. — Palabra de honor, señor Abad, no la traigo.

El Abad. — Sin duda, tienen razón los que dicen que el Abad de Brandeso es un iluso.

Sonríe tristemente el blanco fantasma de la enferma. Se aparece allá en el fondo del mirador, con las manos cruzadas: Mira hacia el camino, un camino aldeano, solitario y luminoso bajo el sol que muere. Con romántica fatiga, levanta su mano de sombra y señala a lo lejos.

La Dama. — Xavier, mira allá un jinete.

El Marqués de Bradomín. — No veo nada.

La Dama. — Ahora pasa La Fontela.

El Marqués de Bradomín. — Sí, ya le veo.

La Dama. — Es el tío Don Juan Manuel.

El Marqués de Bradomín. — ¡El magnífico hidalgo del Pazo de Lantañón!

La Dama. — ¡Pobre señor! Estoy segura que viene a verte.

El Marqués de Bradomín. — Se ha detenido y nos saluda quitándose el chambergo.

La figura del hidalgo se alza en medio del camino con el montecristo flotante. El caballo relincha noblemente, y el viento mueve sus crines venerables. Es un caballo viejo, prudente, reflexivo y grave como un pontífice. Don Juan Manuel se levanta sobre los estribos y deja oír su voz de tronante fanfarria que despierta un eco lejano.

Don Juan Manuel. — ¡Sobrina! ¡Sobrina! Manda abrir la cancela del jardín.

La Dama. — Xavier, dile tú que ya van.

El Marqués de Bradomín. — ¡Ya van! ¡Ya van!... No me ha oído.

El Abad. — El privilegio de hacerse entender a tal distancia es suyo no más.

El Marqués de Bradomín. — ¡Ya van!

La Dama. — Calla, porque jamás confesará que te oye.

El Marqués de Bradomín. — ¡Ya van!

El Abad. — Es inútil.

La Dama. — Míralo, se inclina acariciando el cuello del caballo.

Don Juan Manuel. — ¡Sobrina! ¡Sobrina!

El Marqués de Bradomín. — ¡Es magnífico!

La Dama. — Vuelve el caballo hacia el camino, y se va...

El Abad. — Sin duda le ha parecido que no acudían a franquearle la entrada con toda la presteza requerida.

Don Juan Manuel. — ¡Sobrina! No puedo detenerme... Voy a Viana del Prior... Tengo que apalear a un escribano.

El Marqués de Bradomín. — ¡De veras que es magnífico! Ya le tenía casi olvidado. ¡Y qué arrogante, a pesar de los años!

El Abad. — Se conserva como cuando servía en la Guardia Noble de la Real Persona.

La Dama. — Y si supieses qué existencia arrastra: Está casi en la miseria.

El Abad. — Pero es siempre un gran señor. Vive rodeado de criados que no puede pagar, haciendo la vida de todos los mayorazgos campesinos: Chalaneando en las ferias, jugando en las villas y sentándose a la mesa de los curas en todas las fiestas.

La Dama. — Desde que yo habito en este destierro es frecuente verle aparecer...

El Abad. — También hace sus visitas a la rectoral. Ata su caballo a la puerta, y éntrase dando voces. Se hace servir vino, y bebe hasta dormirse en el sillón.

Cuando se despierta, sea día o noche, pide el caballo, y dando cabeceos sobre la silla, se vuelve a su Pazo de Lantañón.

El Marqués de Bradomín. — Don Juan Manuel Montenegro es el último superviviente de una gran raza.

El Abad. — Sí que lo es.

El Marqués de Bradomín. — Hermano espiritual de aquellos aventureros hidalgos que se enganchaban en los tercios de Flandes o de Italia por buscar lances de amor, de espada y de fortuna.

La Dama. — Tú también eres de aquéllos.

El Marqués de Bradomín. — Yo pude serlo, si no hubiera tenido la manía de leer. Los muchos libros son como los muchos desengaños: no dejan nada en el corazón.

La Dama. — Dejan al menos los recuerdos, porque tú estás aquí.

El Abad. — ¡Carabel! ¡Capitán!

La Dama. — ¿Nos abandona usted, señor Abad?

El Abad. — Por breves momentos, contando con su venia. Esta visita no es solamente para saludar a nuestro ilustre Marqués, lo es también para tomar un libro que recuerdo haber visto en la biblioteca del Palacio: *El Florilegio de Nuestra Señora:* una colección de sermones. Tengo encargo de predicar en la fiesta de Santa María de Andrade, que este año se celebra con gran solemnidad.

La Dama. — La biblioteca entera está a su disposición.

El Abad. — ¡Gracias! ¡Mil gracias!

El Abad sale seguido de sus galgos como de dos acólitos, y en el corredor, ya oscuro, se desvanecen el balandrán y el cloqueo campesino de sus zuecos. Un reloj de cuco da las seis.

El Marqués de Bradomín. — Ese reloj, sin duda, acuerda el tiempo del fundador.

La Dama. — ¡Qué temprano anochece! Las seis todavía.

*El Marqués de Bradomín se acerca a la sombra romántica que se destaca sobre el fondo luminoso de una vidriera, y en silencio le besa una mano. Se oye un tenue suspirar.*

El Marqués de Bradomín. — ¡Lloras!

La Dama. — No debimos volver a vernos.

El Marqués de Bradomín. — Lo que nunca debimos fué separarnos.

La Dama. — ¿Tú, cuándo tienes que irte?

El Marqués de Bradomín. — ¿Yo? ¡Cuando tú me dejes!

La Dama. — ¡Ay!... Cuando yo te deje. No te dejaría nunca. Si supieses la soledad de mi vida durante esos años tan largos que estuvimos sin vernos.

El Marqués de Bradomín. — ¡Mi pobre Concha! Una de esas vidas silenciosas y resignadas que miran pasar los días con una sonrisa triste y lloran de noche en la oscuridad.

La Dama. — ¡Es cierto!

El Marqués de Bradomín. — Y si yo te contase la mía.

La Dama. — Tú no tienes que contarme la tuya. Mis ojos la han seguido desde lejos, y la saben toda. ¡Qué vida, Dios mío! Aquel pelo tan negro ya es todo blanco.

El Marqués de Bradomín. — ¡Ay, Concha, son las penas!

La Dama. — ¡No, no son las penas...! ¡Otras cosas son! Tus penas no pueden igualarse a las mías, y yo no tengo blanca la cabeza.

Con una blandura lenta, de caricia sensual, la mano del Marqués de Bradomín retira el alfilerón de oro que sujeta la crencha de la dama, y la ola de seda olorosa y negra rueda sobre los hombros.

El Marqués de Bradomín. — Ahora tu frente brilla como un astro bajo la crencha negra. ¿Te acuerdas cuando quería que me azotases con la madeja de tu pelo?

La Dama. — Me acuerdo de todas tus locuras... Xavier; he recibido una carta, tengo que enseñártela.

El Marqués de Bradomín. — ¿Una carta? ¿De quién?

La Dama. — De tu prima Isabel. Viene con las niñas.

El Marqués de Bradomín. — ¿Isabel Bendaña?

La Dama. — Sí.

El Marqués de Bradomín. — ¿Pero tiene hijas Isabel?

La Dama. — No, son mis hijas.

El Marqués de Bradomín. — ¡Tus hijas! En otro tiempo me querían mucho.

La Dama. — Y tú también las querías.

El Marqués de Bradomín. — ¿Qué tienes?

La Dama. — Nada.

El Marqués de Bradomín. — ¿Lloras?

La Dama. — No.

El Marqués de Bradomín. — ¿Las pequeñas están con su padre?

La Dama. — No. Las tengo educándose en el convento de la Enseñanza.

El Marqués de Bradomín. — Ya serán unas mujeres.

La Dama. — Sí, están muy altas.

El Marqués de Bradomín. — Antes eran preciosas. No sé ahora.

La Dama. — Como su madre.

El Marqués de Bradomín. — No, como su madre, nunca.

La Dama. — Tienes razón. No quiera Dios hacerlas tan desgraciadas.

El Marqués de Bradomín. — ¡Qué distinta pudo haber sido nuestra vida! Hoy siento un cruel remordimiento por haberte escuchado cuando me suplicaste que te olvidase y que no te viese más. No comprendo cómo obedecí tu ruego. Fué sin duda porque vi tus lágrimas.

La Dama. — No quieras engañarme una vez más. Yo creí siempre que volverías.

El Marqués de Bradomín. — ¿Por qué entonces me suplicaste que me fuese?

La Dama. — No sé... Tal vez por eso.

El Marqués de Bradomín. — Y no volví porque esperaba que tú me llamases. ¡Ah!... El demonio del orgullo.

La Dama. — No, no fué el orgullo. Fué otra mujer. Hacía mucho tiempo que me traicionabas con ella. ¡Cuando lo supe creí morir!

El Marqués de Bradomín. — ¡Sin embargo, qué segura has estado siempre de mi cariño y cómo lo dice la carta con que me has llamado!

La Dama. — No era de tu cariño, era de tu compasión. ¡Qué pena cuando adiviné por qué no habías vuelto! Pero no he tenido para ti un solo día de rencor.

El Marqués de Bradomín. — Ya nada podrá separarnos.

La Dama. — Nada... Pero tenemos que ser prudentes, Xavier. Si viene Isabel con mis hijas, sólo te pido que a su llegada no te hallen aquí. Yo les diré que estás en Lantañón cazando con nuestro tío. Tú vienes una tarde, y sea porque hay tormenta, o porque le tenemos miedo a los ladrones, te quedas aquí, como nuestro caballero. ¿No te ofendes, verdad?

El Marqués de Bradomín. — No.

La Dama. — Sí que te ofendes. Desde ayer estoy dudando, sin atreverme a decírtelo.

El Marqués de Bradomín. — ¿Y tú crees que engañaremos a Isabel?

La Dama. — No lo hago por Isabel, lo hago por mis pequeñas, que son unas mujercitas.

El Marqués de Bradomín. — Y después, ¿qué será lo que nos separe?

La Dama. — ¡Mi muerte! ¡Nada más que mi muerte! Tu amor tiene en mi alma raíces tan profundas como esos árboles que vemos desde aquí. Nada podrá separarnos, Xavier, nada, si no es tu olvido.

El Marqués de Bradomín. — Desgraciadamente, no sé olvidar.

Sus manos se estrechan en silencio. Están sentados en el fondo del mirador, desde donde distinguen el jardín iluminado por la luna, los cipreses mustios destacándose en el azul heráldico, coronados de estrellas, y una fuente negra con aguas de plata. En medio de aquel recogimiento resuenan en el corredor las madreñas de Florisel. El paje entra con una lámpara encendida.

Florisel. — Santas y buenas noches.

La Dama. — ¡Ay!... Llévate esa luz.

Florisel. — Consideren que es malo tomar la luna.

En el fondo del jardín, la fuente canta como un pájaro escondido y le cuenta a la luna su prisión en el laberinto. Una sombra cruza por delante de los cristales y la voz poderosa del hidalgo de Lantañón se eleva sobre el rumor de la fuente, despertando los ecos del jardín.

Don Juan Manuel. — ¡Sobrina! ¡Sobrina!

La Dama. — ¡Ahí está!... Verás como viene a invitarnos para la fiesta, que es mañana.

Sale presurosa por una puerta de vieja tracería. Sobre el dintel, prisioneros en su jaula de cañas, silban una vieja riveirana los mirlos que cuida Florisel. En el silencio del anochecer, aquel ritmo, alegre y campesino, evoca el recuerdo de las felices danzas célticas a la sombra de los robles.

EL MARQUÉS DE BRADOMÍN. — ¿Por qué es malo tomar la luna, Florisel?

FLORISEL. — Ya lo sabe el señor mi Marqués.

EL MARQUÉS DE BRADOMÍN. — No lo sé.

FLORISEL. — Por las brujas.

EL MARQUÉS DE BRADOMÍN. — Deja entonces la luz. Oye, ¿quieres acompañarme al Pazo de Lantañón?

FLORISEL. — ¿Tiene pensado ir allá el señor mi Marqués?

EL MARQUÉS DE BRADOMÍN. — Hoy mismo.

FLORISEL. — ¡No estará como en el Pazo de Brandeso! Cierto que en toda esta tierra no se halla un caballero como el señor padrino.

EL MARQUÉS DE BRADOMÍN. — Pues, ¿entonces?...

FLORISEL. — Pero no hay allí un horno de pan siempre lleno.

EL MARQUÉS DE BRADOMÍN. — Eres un sabio, Florisel. Vete.


El Marqués de Bradomín, con una vaga sonrisa en los labios irónicos, coge el libro donde leía al comienzo de la tarde, y se sienta cerca de la lámpara. Florisel sale apagando el ruido de sus madreñas, y al abrir la puerta, surge en la sombra la prócer figura del viejo Mayorazgo de Lantañón.

DON JUAN MANUEL. — ¿Dónde se halla el Marqués de Bradomín? Mala tarde, sobrino.

EL MARQUÉS DE BRADOMÍN. — ¡Mala, tío!

DON JUAN MANUEL. — ¿Tú leyendo? Sobrino, lo mejor para quedarse ciego. ¡Sabes que es nieve lo que cae!

EL MARQUÉS DE BRADOMÍN. — ¿Llegó usted hasta Viana?

Don Juan Manuel. — No. Llegué hasta mis molinos, que están ahí cerca. Recordé que tenía que sacar de pila a uno de los hijos del molinero. Con ése son cincuenta y siete los ahijados que tengo.

El Marqués de Bradomín. — ¿Al escribano de Viana no le ha visto usted?

Don Juan Manuel. — No... Pero está sentenciado. ¿Y qué librote es ése? Sobrino, has heredado la manía de tu abuelo, que también se pasaba los días leyendo. ¡Así se volvió loco!

El Marqués de Bradomín. — Yo, por ahora, me defiendo.

Don Juan Manuel. — Pero no hay que fiarse. Vive Dios, que vengo aterido. Marqués de Bradomín, ¿se acabó la sangre de Cristo en el palacio de Brandeso?

El Marqués de Bradomín. — Presumo que no. Voy a llamar.

Don Juan Manuel. — No te muevas. Andará por ahí algún criado. ¡Arnelas!... ¡Florisel!. ¡Brión!... Uno cualquiera.

El Marqués de Bradomín. — No habrán oído.

Don Juan Manuel. — ¡Cómo! ¿Crees tú eso posible?

Florisel. — ¿Qué mandaba, señor padrino?

Florisel posa en el suelo del umbral su monterilla de paño pardo, y presuroso y humilde corre a besar la mano del viejo linajudo que, con empaque de protección soberana, acaricia la tonsurada cabeza del rapaz.

Don Juan Manuel. — Súbeme el tinto que se coge en La Fontela. Ya ves cómo habían oído, Marqués de Bradomín... Te aseguro que ese vino de La Fontela es el mejor vino de la comarca. ¿Tú conoces el del Condado? El de La Fontela es mejor. Y si lo hiciesen escogiendo la uva, sería el mejor del mundo. ¡Ese vino! ¿O acaso están haciendo la vendimia?

Florisel. — Voy, señor padrino.

Vuelven a resonar en el corredor las madreñas del paje, que aparece todo trémulo, con un jarro talavereño, que coloca sobre la mesa. Don Juan Manuel se despoja del montecristo, y toma asiento en un sillón.

Don Juan Manuel. — ¿Tú vas a catarlo?

El Marqués de Bradomín. — Ya lo he catado.

Don Juan Manuel. — ¿Y cuál es tu opinión?

El Marqués de Bradomín. — ¡La de usted!

Don Juan Manuel. — Muchos así debía beberse mi sobrina. No estaría entonces como está. ¿La habrás hallado muy acabada?

El Marqués de Bradomín insinúa un gesto sentimental, y el viejo linajudo vuelve a llenarse el vaso. Casi al mismo tiempo una mano invisible empuja la puerta, que se abre lentamente, y sobre la negrura del fondo albea el ropón monacal de la Señora del Palacio.

La Dama. — El tío Don Juan Manuel quiere que le acompañes. ¿Te lo ha dicho? Mañana es la fiesta del Pazo, San Rosendo de Lantañón. Dice el tío que te recibirán con palio.

Don Juan Manuel. — Ya sabes que desde hace tres siglos es privilegio de los Marqueses de Bradomín ser recibidos con palio en las feligresías de San Rosendo de Lantañón, Santa Baya de Cristanilde y San Miguel de Deiro. Los tres curatos son presentación de tu casa. ¿Me equivoco, sobrino?

El Marqués de Bradomín. — No se equivoca usted, tío.

La Dama. — No le pregunte usted. Es un dolor, pero el último Marqués de Bradomín no sabe una palabra de esas cosas.

Don Juan Manuel. — Eso lo sabe. Debe saberlo.

La Dama. — Estoy segura que ni siquiera conoce el origen de la casa de Bradomín.

Don Juan Manuel. — No hagas caso. Tu prima quiere indignarte.

La Dama. — ¡Supiera al menos cómo se compone el blasón de la noble casa de Montenegro!

Don Juan Manuel. — ¡Eso lo saben los niños más pequeños!

El Marqués de Bradomín. — ¡Como que es el más ilustre de los linajes españoles!

Don Juan Manuel. — Españoles y tudescos, sobrino. Los Montenegros de Galicia descendemos de una emperatriz alemana. Es el único blasón español que lleva metal sobre metal: espuelas de oro en campo de plata. El linaje de Bradomín también es muy antiguo. Pero entre todos los títulos de tu casa, Marquesado de San Miguel, Condado de Barbanzón y Señorío de Padín, el más antiguo y esclarecido es el Señorío. Se remonta hasta Don Roldán, uno de los doce pares. Don Roldán ya sabéis que no murió en Roncesvalles, como dicen las Historias.

El Marqués de Bradomín. — Yo confieso que no sabía nada.

La Dama. — Sí, señor.

El Marqués de Bradomín. — ¡Ah! ¿Tú lo sabías? Es sin duda un secreto de familia.

La Dama. — ¡Naturalmente!

Don Juan Manuel. — Como yo también desciendo de Don Roldán, por eso conozco bien esas cosas. Don Roldán pudo salvarse, y en una barca llegó hasta la isla de Sálvora, y atraído por una sirena, naufragó en aquella playa, y tuvo de la sirena un hijo que, por serlo de Don Roldán, se llamó Padín, y viene a ser lo mismo que Paladín. Ahí tienes por qué una sirena abraza y sostiene tu escudo en la iglesia de Lantañón. Puesto que tienes la manía de leer, en el Pazo te daré un libro antiguo, pero de letra grande y clara, donde todas estas historias están contadas muy por largo. Pero, si hemos de irnos, vámonos aprovechando este claro del tiempo.

El Marqués de Bradomín. — No sé si está mi yegua ensillada. ¿Usted monta un caballo?

Don Juan Manuel. — Sí; pero no te asustes por eso. Mi caballo lo tuvo catorce años el Abad de Andrade, y cumple el voto de castidad mejor que su antiguo amo. ¡Adiós, sobrina!

La Dama. — ¡Adiós, tío! Xavier, ¿hasta cuándo?

El Marqués de Bradomín. — Tú que me destierras debes decirme cuándo puedo volver.

La Dama. — Si ellos llegan hoy, tú, mañana mismo. Ya lo sabes.

Había salido el viejo linajudo, y la dama, furtiva y amorosa, se alza en la punta de los pies para alcanzar los labios del Marqués de Bradomín.

El Marqués de Bradomín. — ¡Mi vida!

La Dama. — ¿Vendrás mañana, Xavier?

El Marqués de Bradomín. — Sí.

La Dama. — ¿Me lo juras?

El Marqués de Bradomín. — Sí.

Tras los cristales del mirador, el jardín aparece lleno de sombra, y en el cielo, triste y otoñal, se perfila la luna como borrosa moneda de plata. Al pie de la fuente, un criado espera con los caballos del diestro. Se ve la figura de Don Juan Manuel, que baja por un tortuoso camino de mirtos. El Marqués de Bradomín se desprende blandamente de la dama y sale. La dama, apoyada en el arco de la puerta, le despide agitando su mano blanca. Después, cuando la sombra se desvanece en la noche del jardín, sale a la escalinata para seguir viéndola un momento más. En la otra puerta, aquella que comunica con el palacio, aparece el Abad de Brandeso.

El Abad. — ¿Da su permiso mi ilustre amiga Doña María de la Concepción? ¿Da su permiso mi ilustre...?

La Dama. — Adelante, señor Abad. ¿Por qué se detiene en la puerta? ¿Ha encontrado usted el libro que buscaba?

El Abad. — Después de mucho revolver, al cabo di con él.

La Dama. — ¿No se lo lleva usted?

El Abad. — Solamente quería compulsar una cita.

La Dama. — ¡Yo suponía que se había usted ido cuánto hace!

El Abad. — ¡Cómo, sin despedirme de usted y de nuestro Marqués!

La Dama. — ¡Nuestro Marqués es el que acaba de irse! Mañana es San Rosendo de Lantañón, y el tío Don Juan Manuel vino a invitarle.

El Abad. — ¡Aquí, Carabel! ¡Aquí, Capitán! Ese viaje me afirma en mis sospechas, porque yo creo siempre que trae una misión del Rey.

La Dama. — ¿No le ha oído usted?

El Abad. — A pesar de sus protestas. ¿Usted lo duda?

La Dama. — No lo dudo... Lo sé.

El Abad. — ¡Que la trae!

La Dama. — Que no, señor Abad.

El Abad. — En tal supuesto...

La Dama. — Sé todo lo que va usted a decirme.

El Abad. — Ya no es un caso de conciencia donde el bien de la Iglesia debe considerarse antes que ninguna otra cosa. La estancia del señor Marqués de Bradomín en el palacio de Brandeso...

La Dama. — Cuanto usted pueda decirme, cuanto me he dicho yo. Pero le quiero, él es mi vida, y su ausencia me mataba. He procurado olvidarle. Hubiera querido envejecer en una noche, despertarme un día arrugada, caduca, de cien años, con el corazón frío. ¡Y mi pobre corazón, cada amanecer más lleno de su amor, sólo vivía de recuerdos!...

El Abad. — Y después de haber sufrido y resistido tanto, bastó una hora de depresión aprovechada por Satanás...

La Dama. — No, después de haber sufrido tanto,

quise ser feliz, y ahora nada hay que pueda hacerme renunciar a mi amor.

Doña Malvina. — Señorita, la noche se queda muy oscura. ¿Le parece que vaya alguno de los criados con un farol al desembarcadero del río, para esperar a las niñas?

La Dama. — ¿A qué hora llegará la barca?

Doña Malvina. — Ayer llegó muy de noche.

El Abad. — Tiene mejor viento que ayer. ¿Vienen hoy las niñas?

La Dama. — Hoy las espero. Hace ya dos días que están en Viana con su padre.

Se oyen los ladridos de un perro, y se divisa una sombra que adelanta por el jardín. Trae un farol en la mano, y la humosa llama de aceite tras los vidrios empañados, ilumina con temblona claridad aquel sendero, entre viejos mirtos, y los pies descalzos del hombre que llega. Es una figura negra que apenas se destaca sobre el fondo misterioso del jardín. Los ladridos del perro le hacen detenerse, y explora en torno con el farol en alto. Toda la figura se ilumina: El traje de aguas y el sudeste con que cubre su cabeza le anuncian como un marinero.

El Marinero. — ¡Hagan favor de atar el perro!

Doña Malvina. — ¿Quién es?

El Marinero. — Abelardo, el patrón de la barca.

La Dama. — ¿Quién ha dicho? ¡Ya están ahí!...

Doña Malvina. — No vienen las niñas.

El Abad. — Habrán temido al mal tiempo.

El Marinero. — ¡Santas y buenas noches tenga la señora y la compañía!

La Dama. — ¿Cómo no han venido mis hijas?

El Marinero. — Cuando ya íbamos a largar, llegó un criado mozo con esta carta.

Al mismo tiempo que habla, el marinero se descubre, y del sudeste saca la carta que entrega a la señora. Doña Malvina acerca el velón, y alumbra mientras lee la dama.

La Dama. — «Mamá Concha: No vamos, porque está papá muy grave, que le ha repetido el ataque y dicen que no debemos abandonarlo en estos momentos. Nosotras, las dos, tenemos muchos deseos de verte. Como aquí estamos solas, y ni siquiera conocemos a los criados, no hacemos sino llorar. Papá no habla, y dicen que no conoce a nadie; pero a nosotras nos mira con unos ojos tan tristes que parece que nos conoce». ¡Pobres hijas! ¡Lo que estarán sufriendo, allí solas las dos! ¡Mis ángeles queridos! ¿Cuándo sales con la barca?

El Marinero. — Ahora. Apenas si nos queda marea.

Doña Malvina. — ¿Quiere usted que vaya yo al lado de las niñas?

La Dama. — Quiero ir yo.

Doña Malvina. — ¿Usted, señorita?

El Abad. — Es un deber de madre, y también de esposa.

La Dama. — ¿Y acaso puedo yo volver a entrar en aquella casa? ¡Qué hacer, Dios mío!... ¡Pobres hijas, solas al lado de su padre que se muere! ¡Y tal vez maldiciéndome! Iré, iré, aun cuando hayan de arrojarme los criados.

Sale en medio de un aguacero, cubierta con largo capuchón. Todos la siguen, y como una procesión de sombras se les ve alejarse por el jardín, entre los altos mirtos. Desaparecen con la luz del farol, y el perro sigue ladrando en la noche.

ASÍ TERMINA LA SEGUNDA JORNADA

# TERCERA JORNADA

El viejo jardín, en una tarde otoñal y dorada. Dos palomas se arrullan posadas en la piedra de armas, y los vencejos, que revolotean sobre la torre señorial, trazan en el azul signos de quimera con la punta negra del ala. De tiempo en tiempo, un estremecimiento recorre el jardín, y luego todo vuelve a quedar en silencio de misterio: El misterio de los mirtos centenarios, de las fuentes abandonadas, de las rosas que se deshojan en los rosales... Doña Malvina, la dueña, hace calceta sentada en un banco de piedra y atisba por encima de los espejuelos hacia la puerta del jardín, donde acaba de aparecerse el señor Abad de Brandeso.

EL ABAD. — Acaban de contarme que llegó esta mañana toda la familia. ¿Cómo han sido esas paces, Doña Malvina?

DOÑA MALVINA. — Dios Nuestro Señor, que dispone todas las cosas. Ya conoce aquella súbita resolución que tomó la señorita al leer la carta de las niñas. Llegamos a Viana caladas de agua y muertas de miedo. Yo durante el camino no hice otra cosa que rezar... Las olas montaban por encima de la barca. ¡Y qué serenidad la señorita! Solamente la vi temblar cuando llegamos a la puerta de su casa. Estaba pálida como una muerta. Pensé que iba a caerse. Sin pronunciar una sola palabra, subió las escaleras y abrazó a las niñas, que salieron a recibirla. Crea que me daba miedo verla tan pálida, con los ojos secos. Tomó a las niñas de la mano y siguió con ellas...

EL ABAD. — ¡El trance habrá sido al entrar en la alcoba donde estaba el marido enfermo!

DOÑA MALVINA. — Llegó, le besó las manos de rodillas, y entonces por primera vez lloró... Las niñas también lloraban, como si las inocentes comprendiesen.

EL ABAD. — ¿Y el marido?

Doña Malvina. — No la conoció.

El Abad. — ¿Y ahora?

Doña Malvina. — Lo mismo. Solamente conoce al criado que le acompañaba siempre.

El Abad. — Ya llevaba mucho tiempo desmemoriado. Ultimamente, habrá tenido noticia de la llegada del ilustre Marqués de Bradomín.

Doña Malvina. — Aun cuando no lo dice, ese remordimiento tiene la señorita. Siete días estuvo a su cabecera, día y noche, velándole. A todos nos tenía pasmados que tuviese fuerzas, estando como está tan delicada. ¡Y ahora le cuida y sirve con un amor!

El Abad. — ¿Y el ilustre Marqués no ha vuelto a mostrarse?

Doña Malvina. — Mis ojos no le han visto más.

El Abad. — Hace dos días continuaba en el Pazo de Lantañón.

Doña Malvina. — Entonces allí seguirá.

El Abad. — ¿Y si vuelve?

Doña Malvina. — Si vuelve... Como ahora no hacen sufrir a nadie.

El Abad. — Pero ofenden a Dios, Doña Malvina.

Por un sendero del jardín vienen dos niñas que parecen dos princesas infantiles, pintadas por el Tiziano en la vejez. Las dos son muy semejantes, rubias y con los ojos de oro. La mayor se llama María Fernanda, la pequeña, María Isabel. Llegaban sofocadas de sus juegos, y la onda primaveral de sus risas se levantaba armónica entre los viejos mirtos.

María Isabel. — ¡Señor Abad!

María Fernanda. — ¡Don Benicio!

El Abad. — ¡Señoritas! ¡Qué altas y qué preciosas!

María Fernanda. — María Isabel no ha crecido. ¡Yo sí!

María Isabel. — Tú has crecido más, pero yo también crecí.

María Fernanda. — Te sirven todos los vestidos que tenías.

El Abad. — Yo a las dos las encuentro hechas unas mujeres.

Doña Malvina. — ¡Todavía han de pasar muchos años!

El Abad. — ¿Cuál es la más aplicada?

María Fernanda. — Yo las cuentas no las entiendo, pero la Historia Sagrada la sé toda.

El Abad. — ¿Y tú, María Isabel?

María Isabel. — ¡Yo también!

El Abad. — ¿Y además entiendes las cuentas?

María Isabel. — Eso no...

María Fernanda. — Las cuentas no las entiende ninguna niña. En el convento somos quince educandas, y sólo una las entiende.

El Abad. — Pues ya hay una.

María Isabel. — Pero en cambio, Sor María Salomé, que tiene cerca de ochenta años, siempre que nos castigan por no saberlas, nos trae dulces a escondidas.

María Fernanda. — Porque dice que a ella las cuentas tampoco le han entrado nunca en la cabeza. ¡Y tiene cerca de ochenta años!

El Abad. — ¿Y la Doctrina, la sabéis?

María Fernanda. — Sí, señor.

El Abad. — ¿Cuántos son los Mandamientos de la ley de Dios?

María Fernanda. — Los Mandamientos de la ley de Dios son diez: El primero, amar a Dios sobre todas las cosas; el segundo, no jurar su santo nombre en vano; el tercero, santificar las fiestas; el cuarto, honrar padre y madre; el quinto, no matar; el sexto, ¡larán! ¡larán!

El Abad. — ¿Cómo larán, larán?

María Isabel. — ¡Larán! ¡Larán!

El Abad. — ¡Ah! Sí, el sexto, ¡larán! ¡larán! Y vuestra madre, ¿dónde está?

María Fernanda. — Antes estaba en la capilla.

El Abad. — ¿Y ahora?

María Fernanda. — Ahora...

Doña Malvina. — Véala allí, caminando detrás de la litera donde pasean al enfermo.

El Abad. — ¿Una litera?

Doña Malvina. — Una litera que había en el palacio, del tiempo de los abuelos... Fué idea del señor Marqués para que la señorita paseare por el jardín, una vez que estuvo muy delicada.

El Abad. — Vamos a saludarla.

El Abad se aleja por la honda avenida de castaños que comienza a cubrirse de hojas, y allá en el fondo, donde casi se desvanece su balandrán flotante, tropiézase con una dama que baja la escalinata del palacio. Es una dama alta y rubia, de buen donaire y de buen seso, que ostenta un hermoso nombre de rica-hembra. Se llama Isabel Bendaña.

Isabel Bendaña. — ¡Señor Abad de Brandeso!

El Abad. — ¡Doña Isabel de Bendaña, mi buena amiga! No sabía que se hospedase aquí tan ilustre señora. ¿Cuándo ha llegado usted?

Isabel Bendaña. — Hoy he llegado, acompañando a mi prima Concha.

El Abad. — A saludarla iba.

Isabel Bendaña. — En el jardín está. Siempre al lado de su marido, no se aparta un momento, y le cuida con una especie de fiebre amorosa. El está que parece un niño...

El Abad. — Es edificante... Pero temo...

Se alejan juntos por los senderos del abandonado jardín, y se pierden entre el follaje dorado y otoñal de los castaños. Los mirlos cantan en las ramas, y sus cantos se responden encadenándose en un ritmo remoto, como el murmullo de las fuentes que en la sombra de los viejos mirtos repiten el comentario voluptuoso que parecen hacer a todos los pensamientos de amor, sus voces eternas y juveniles. El sol poniente deja un reflejo dorado sobre los cristales de la torre, cubierta de negros vencejos, y en el silencio de la tarde, aquel jardín lleno de verdor umbrío y de reposo señorial, junta la voz de sus fuentes con la voz de las niñas que rodean el banco donde hace calceta la dueña de los espejuelos doctorales.

MARÍA FERNANDA. — Pues si no sabes el cuento de las tres princesas encantadas, cuéntanos el de los siete enanos, que ése lo sabes.

MARÍA ISABEL. — Y si no, cuéntanos el del gigante moro.

DOÑA MALVINA. — ¡Dios me dé paciencia con vosotras! Os contaré la historia de una dama encantada que se aparece al borde de una fuente que hay cerca de aquí.

MARÍA FERNANDA. — ¿Tú la viste?

DOÑA MALVINA. — Yo la vi siendo una niña como vosotras. La dama estaba sentada al pie de la fuente, peinando los largos cabellos con peine de oro.

Próximo al banco se ha detenido Florisel, que pasaba con la jaula de sus mirlos. Al oír las palabras de la dueña, sus ojos brillan llenos de curiosidad.

FLORISEL. — Sería una princesa encantada.

DOÑA MALVINA. — Era la reina mora que un gigante tiene prisionera.

MARÍA ISABEL. — ¿Y era muy guapa?

DOÑA MALVINA. — ¡Muy guapa, muy guapa!

MARÍA FERNANDA. — ¿Así, como mamá?

DOÑA MALVINA. — Muy semejante. A su lado, sobre la hierba, tenía abierto un cofre de plata lleno de ricas joyas que rebrillaban al sol. El camino iba muy desviado, y la dama, dejándose el peine de oro preso en los cabellos, me llamó con su mano blanca que parecía una paloma en el aire. Yo, como era una niña, tomé miedo, y dime a correr, a correr...

FLORISEL. — ¡Si a mí quisiese aparecerse!

DOÑA MALVINA. — Cuantos se acercan, cuantos perecen encantados. Vosotras no sabéis que para encantar a los caminantes, con su gran hermosura los atrae, y con la riqueza de las joyas que les muestra, los engaña: Les pregunta cuál de entre todas sus joyas les place más, y ellos, deslumbrados al ver tantos broches y cintillos y ajorcas, pónense a elegir, y así quedan presos en el encanto. Para desencantar a la reina y casarse con ella bastaría con decir: Entre tantas joyas, sólo a vos quiero, señora reina. Muchos saben esto, pero cegados por la avaricia, se olvidan de decirlo, y pónense a elegir entre las joyas.

FLORISEL. — ¡Si a mí quisiese aparecerse!

DOÑA MALVINA. — ¡Desgraciado de ti! El que ha de romper el encanto no ha nacido todavía.

Isabel Bendaña y el tonsurado reaparecen dando compañía a la Señora del Palacio. Caminan lentamente, acompasando su andar al de la dama, que de tiempo en tiempo se detiene y alienta con fatiga. Ante la escalinata, cerca del banco donde la dueña refiere a las dos niñas sus cuentos de abuela, hacen el último alto.

ISABEL BENDAÑA. — ¿No pasa usted, Don Benicio?

EL ABAD. — Perdonen que no les haga más larga visita.

LA DAMA. — Señor Abad, que mañana celebra usted la misa en nuestra capilla. No lo eche usted en olvido.

EL ABAD. — No lo echo en olvido, no lo echo en olvido. ¡Aquí, Carabel! ¡Aquí, Capitán! Díganle al ilustre Marqués de Bradomín...

LA DAMA. — El Marqués de Bradomín no está en el palacio de Brandeso.

DOÑA MALVINA. — Ya lo sabe.

El Abad. — En el supuesto de que recaiga por aquí, díganle que hace pocos días, cazando con el Sumiller, descubrimos un bando de perdices. Díganle que a ver cuándo le caemos encima. Resérvenlo al Sumiller, si viniese por el palacio. Me ha encargado el secreto. ¡Aquí, Carabel! ¡Aquí, Capitán!

Doña Malvina. — ¡Qué gran raposo! Sóbrale de saber dónde está el señor Marqués. ¿Adónde vais, niñas?

María Fernanda. — Vamos con Florisel a ver los otros mirlos.

Doña Malvina sube la escalinata con las dos niñas de la mano. El Abad desaparece en el fondo de la avenida silbando a sus galgos, con el balandrán flotante y el chambergo en la mano por refrescar la asoleada y varonil cabeza, donde la tonsura apenas se esboza sobre el gris acerado del cabello. Las dos primas quedan solas.

La Dama. — Xavier llegará dentro de un momento.

Isabel Bendaña. — ¡Xavier!

La Dama. — ¡Temo tanto verle! Temo el encanto de sus palabras, temo que sus ojos me miren, temo que sus manos se apoderen de las mías...

Isabel Bendaña. — Pero no...

La Dama. — ¡Volverá a enloquecerme y volveré a caer en sus brazos! ¿Tú qué me aconsejas, Isabel?

Isabel Bendaña. — Si es así, que no le veas...

La Dama. — ¿Y puedo negarme a decirle adiós, cuando es por toda la vida?

Isabel Bendaña. — Xavier no intentará separarte de tu marido. Xavier, mejor que nadie, debe comprender la grandeza de tu sacrificio.

La Dama. — No la comprenderá... Y yo quiero ser fiel a esa pobre sombra, detenida por un milagro delante de la muerte. Quiero ser su esclava, ahora que nada puede exigir de mí. Cuando me sonríe, con su sonrisa de enfermo que vuelve a ser niño, cuando posa sobre mí sus ojos llenos de indecisión, tristes ojos sin pensamiento, el dolor de haberle ofendido se levanta dentro de mí como una ola, como un gran sollozo. Algunas veces, cuando estoy sola con él, temo que de pronto tenga un momento de lucidez, y me maldiga, y me arroje de su lado. ¡Tú no sabes cómo esa idea me hace sufrir!

ISABEL BENDAÑA. — ¿Y Xavier te ha escrito que venía?

LA DAMA. — No.

ISABEL BENDAÑA. — ¿Cómo lo sabes?

LA DAMA. — Lo presiento. Xavier vendrá, y yo volveré a caer en sus brazos, sin que nada pueda salvarme.

ISABEL BENDAÑA. — Tú debes luchar contra esa idea.

LA DAMA. — ¡No puedo! ¡Y el remordimiento me matará! ¡Mi falta, mi adulterio ahora, sería más cobarde, más infame que nunca!

ISABEL BENDAÑA. — Yo en tu caso no vería a Xavier.

LA DAMA. — No le conoces. Se aparecería cuando yo menos lo esperase.

ISABEL BENDAÑA. — Es algo fatal.

LA DAMA. — ¡Fatal! Y prefiero estar prevenida. Yo sé cómo puedo defenderme, y cómo puedo conseguir que se aleje de mí para siempre. Me bastaría pronunciar algunas palabras pero me falta valor para hacerlo. Yo puedo renunciar a Xavier, no a que me recuerde sin cariño. Quiero vivir siempre en su corazón.

ISABEL BENDAÑA. — ¡Me das pena!...

LA DAMA. — Si le dijese: «Xavier, tuve otro amante.»

ISABEL BENDAÑA. — ¿Cuándo?

LA DAMA. — ¡Nunca! ¿Quién has creído que soy yo? Ni otro amante, ni otro amor que Xavier.

ISABEL BENDAÑA. — Pues no se lo digas.

LA DAMA. — ¿A ti te asusta?

Isabel Bendaña. — Sí. Es un sacrificio demasiado cruel. Y, además, quién sabe si eso le alejaría para siempre.

En la puerta del jardín aparecen dos sombras. Se las distingue, como a través de larga sucesión de pórticos, en el fondo de la avenida de castaños. Bajo la bóveda de ramajes resuena la voz engolada y fanfarrona del Mayorazgo de Lantañón. La otra sombra es el Marqués de Bradomín.

Don Juan Manuel. — Llego hasta mis molinos. Volveré a buscarte.

El Marqués de Bradomín. — ¡Adiós, tío!

Don Juan Manuel. — ¡Adiós, sobrino! Que me tengan avillado un jarro de La Arnela.

La Dama. — ¡Ahí está!

Isabel Bendaña. — ¿Adónde vas?

La Dama. — ¡Adonde mi ánimo se fortalezca! ¡Adonde está vivo mi remordimiento!

Se aleja hacia la puerta del laberinto, donde vigilan dos quimeras manchadas de musgo, y en el tortuoso sendero que se desenvuelve entre los mirtos centenarios desaparece. El Marqués de Bradomín se acerca, camina lentamente bajo los cipreses que dejan caer de sus cimas un velo de sombra.

El Marqués de Bradomín. — Prima y señora.

Isabel Bendaña. — No esperaba verte aquí. ¿Don Juan Manuel no venía contigo?

El Marqués de Bradomín. — Sí, pero no ha querido detenerse. Está muriéndose uno de sus cien ahijados, y le han llamado para que le eche su bendición.

Isabel Bendaña. — Es verdad, que entre los aldeanos existe la creencia de que la bendición del padrino abrevia la agonía. Tú, en cambio, vienes aquí para hacerla más lenta y más cruel.

El Marqués de Bradomín. — ¿Hablas de Concha? Eres injusta conmigo; bien que en eso no haces más que seguir las tradiciones de la familia. ¡Cómo me apena esa idea que todos tenéis de mí! ¡Dios que lee en los corazones!...

Isabel Bendaña. — Mira, calla. Eres el más admirable de los donjuanes: Feo, sentimental y católico.

El Marqués de Bradomín. — Isabel, eres injusta conmigo; mi presencia aquí es tan sólo una prueba de mi amor por Concha. Con la cabeza llena de canas no puede serse Don Juan. Hoy sólo me está bien con las mujeres la actitud amable de un santo prelado confesor de princesas y teólogo de amor. La pobre Concha es la única que me quiere todavía: ¡Sólo su amor me queda en el mundo! Lleno de desengaños, estaba en Roma pensando en hacerme fraile, cuando recibí una carta suya. Era una carta llena de afán y de tristeza, perfumada de violetas, y de un antiguo amor. Sin concluir de leerla, la besé: Concha, al cabo de tantos años, me escribía, me llamaba a su lado con súplicas dolorosas y ardientes. Los tres pliegos traían la huella de sus lágrimas: me hablaba de la tristeza de su vida en el retiro de este viejo palacio, y me llamaba suspirando. Aquellas manos pálidas, olorosas, ideales, sus manos, que yo amé siempre tanto, volvían a escribirme como otras veces. Sentí que los ojos se me llenaban de lágrimas. Yo siempre había esperado en la resurrección de nuestros amores, era una esperanza que llenaba mi vida con un aroma de fe. ¡Era la quimera del porvenir!

Isabel Bendaña. — ¿Y si Concha te suplicase ahora?...

El Marqués de Bradomín. — ¿Que me fuese? Sería entristecer dos vidas. Concha tampoco tiene otro amor que yo.

Isabel Bendaña. — ¿Y sus hijas?

El Marqués de Bradomín. — ¡Pobres niñas!

Isabel Bendaña. — ¿Y su marido?

El Marqués de Bradomín. — No existió jamás... Isabel, tú bien sabes que hay tálamos fríos como los sepulcros, y maridos que duermen como las estatuas yacentes de granito, maridos que ni siquiera pueden servirnos de precursores, y bien sabe Dios que la perversidad, esa rosa sangrienta, es una flor que nunca se abrió en mis amores. Yo he preferido siempre ser el Marqués de Bradomín a ser ese divino Marqués de Sade. Esa ha sido la causa de pasar por soberbio entre algunas mujeres.

Isabel Bendaña.— Xavier, yo te suplico que te vayas.

El Marqués de Bradomín. — ¿Tú?

Isabel Bendaña. — En nombre de Concha.

El Marqués de Bradomín. — Creía merecer que ella me lo dijese.

Isabel Bendaña. — ¿Y ella, pobre mujer, no merece que le evites ese dolor?

El Marqués de Bradomín. — Si hoy atendiese su ruego, mañana volvería a llamarme. ¿Crees que esa piedad cristiana que ahora la arrastra hacia su marido, durará siempre? ¿Crees que después de martirizarse un día y otro día no hará estéril ese martirio otra carta suya? Tú sabes que también fué una ola de misticismo lo que antes nos separó. ¿Recuerdas sus terrores religiosos y la celeste aparición que le fué acordada hallándose dormida? Concha estaba en el laberinto, sentada al pie de la fuente y llorando sin consuelo: En esto se le apareció un Arcángel: no llevaba espada ni broquel, era cándido y melancólico como un lirio. Concha comprendió que aquel adolescente no venía a pelear con Satanás, y le sonrió a través de las lágrimas, y el Arcángel extendió sobre ella sus alas de luz y la guió. El laberinto, según parece, era el pecado en que Concha estaba perdida, y el agua de la fuente eran todas las lágrimas que había de llorar en el Purgatorio. A pesar de nuestros amores, Concha no se condenaría; yo sí. El Arcángel, después de guiarla a través del laberinto, en la puerta agitó las alas para volar. Concha, arrodillándose, le preguntó si debía entrar en un convento; el Arcángel no respondió. Concha, retorciéndose las manos, le preguntó si iba a morir; el Arcángel no respondió. Concha, arrastrándose sobre las piedras, le preguntó si debía deshojar en el viento la flor de nuestros amores; el Arcángel tampoco respondió; pero Concha sintió caer dos lágrimas en sus manos: Las lágrimas le rodaban entre los dedos como dos diamantes. Entonces Concha comprendió el misterio de aquel sueño. ¡Era preciso separarnos!

ISABEL BENDAÑA. — ¿Y os separasteis?

EL MARQUÉS DE BRADOMÍN. — Sí: estaba como loca.

ISABEL BENDAÑA. — Acaso ahora lo esté también, pero su locura es bien hermosa.

EL MARQUÉS DE BRADOMÍN. — ¿Y tú crees que durará siempre?

El blanco fantasma de la dama solloza en la puerta del laberinto. Está allí desde hace un momento, y por sus labios pasa el temblor de un rezo, al mismo tiempo que sus ojos y su alma vuelan hacia el Marqués de Bradomín.

LA DAMA. — Sí, Xavier. ¡Siempre!

EL MARQUÉS DE BRADOMÍN. — ¿Más que mi amor?

LA DAMA. — Tanto como tu amor. ¡Xavier, tú no sabes cuánto he sufrido desde aquella noche en que nos separamos!

EL MARQUÉS DE BRADOMÍN. — Con la promesa de volver a vernos.

Los dos se contemplan mirándose en el fondo de los ojos, con esa intensidad atrayente y dolorosa que tienen los abismos y los destinos trágicos. Isabel Bendaña se aleja lentamente, y cuando desaparece bajo la dorada y otoñal avenida de viejos castaños, el Marqués de Bradomín intenta besar las manos de la dama, aquellas manos olorosas y ardientes que deshojan el amor como un lirio rústico. La dama retrocede, y sus ojos brillan con dos lágrimas rotas en el fondo.

LA DAMA. — ¿Tú vienes a exigirme que abandone a un pobre ser enfermo? ¡Tú quieres que le deje en manos mercenarias, y eso, jamás, jamás, jamás! ¡Sería en mí una infamia!

El Marqués de Bradomín. — Son las infamias que impone el amor, pero desgraciadamente ya soy viejo para que ninguna mujer las cometa por mí.

La Dama. — ¿Por qué me dices eso cuando sabes que no puedo dejar de quererte? Xavier, si tuvieses un duelo, te batirías a pesar de mis súplicas, a pesar de mis lágrimas, aunque me vieses morir. Lo que a mí me sucede es algo parecido. Hay momentos en que una mujer no debe retroceder, ni siquiera dudar. ¡Las mujeres no se baten, pero se sacrifican!...

El Marqués de Bradomín. — Hay sacrificios tardíos, Concha.

La Dama. — ¡Eres cruel!

El Marqués de Bradomín. — ¿Cruel?

La Dama. — Tú quieres decirme que el sacrificio debió ser para no engañarle.

El Marqués de Bradomín. — Acaso hubiera sido mejor, pero al culparte a ti, me culpo a mí también. Eramos jóvenes y ninguno de los dos supo sacrificarse... ¡Esa ciencia sólo se aprende con los años, cuando se hiela el corazón!

La Dama. — ¡Xavier, es la última vez que nos vemos, y qué recuerdo tan amargo me dejarán tus palabras!

El Marqués de Bradomín. — ¿Tú crees que es la última vez? Yo creo que no. Mi pobre Concha, si accediese a tu ruego, volverías a llamarme.

La Dama. — ¿Por qué me lo dices? Y si yo fuese tan cobarde que volviera a llamarte, tú no vendrías. Este amor nuestro es imposible ya.

El Marqués de Bradomín. — Yo vendría siempre.

La Dama. — ¡Dios mío, y acaso llegará un día en que mi voluntad desfallezca, en que mi cruz me canse!

El Marqués de Bradomín. — Ya llegó.

La Dama. — ¡Nunca! ¡Nunca! ¡Antes que eso sucediese!... ¡No! ¡No!...

El Marqués de Bradomín. — ¿Por qué tiemblas? ¿Qué dudas? Ya llegó.

La Dama. — ¡Vete, Xavier!... ¡Vete!

El Marqués de Bradomín. — Mi pobre Concha, cuánto sufres y cuánto me haces sufrir con tus escrúpulos.

La Dama. — ¡Vete! ¡Vete!... ¡No me digas nada! ¡No quiero oírte!

El Marqués de Bradomín. — ¡Divinos escrúpulos de santa! ¡Cuántas noches, al entrar en tu tocador, donde me dabas cita, te hallé llorando de rodillas!... Sin hablar, levantabas los ojos hacia mí indicándome silencio, y las cuentas del rosario pasaban con lentitud devota entre tus dedos pálidos.

La Dama. — ¡Calla!

El Marqués de Bradomín. — Algunas veces, sin esperar a que concluyeras, me acercaba y te sorprendía, y tú, volviéndote más blanca, te tapabas los ojos con las manos. Yo amaba locamente aquella boca dolorosa, aquellos labios trémulos y contraídos, helados como los de una muerta.

La Dama. — ¡Calla! Xavier, voy a causarte una gran pena. Yo ambicioné que tú me quisieses como a esas novias de los quince años. ¡Pobre loca! Y te oculté mi vida, y todo te lo negué cuando me has preguntado, y ahora, ahora!... ¡Tú me adivinas, Xavier, tú me adivinas, y no me dices que me perdonas!...

El Marqués de Bradomín. — Te adivino. ¿Has querido a otros?...

La Dama. — Sí.

El Marqués de Bradomín. — ¡Y me lo dices!

La Dama. — ¡Para que me desprecies!

El Marqués de Bradomín. — ¿Quiénes fueron tus amantes?

La Dama. — Se ha muerto ya.

El Marqués de Bradomín. — ¿Uno nada más?

La Dama. — Nada más.

El Marqués de Bradomín. — Y conmigo, dos. Ese amante, mi sucesor, sin duda...

La Dama. — No.

El Marqués de Bradomín. — Siempre es un consuelo. Hay quien prefiere ser el primer amor, yo he preferido siempre ser el último. Pero, ¿acaso lo seré?

La Dama. — ¡Xavier, mi Xavier, el último y el único!

El Marqués de Bradomín. — ¿Por qué reniegas del pasado? ¿Imaginas que eso puede consolarme? Más piadosa hubieras sido callando.

La Dama. — ¿Qué hice yo? Xavier, olvida cuanto dije... Perdóname... ¡No, no debes olvidar ni perdonarme!

El Marqués de Bradomín. — ¿He de ser menos generoso que tu marido?

La Dama. — ¡Qué crueles son tus palabras!

El Marqués de Bradomín. — ¡Qué cruel es la vida cuando no caminamos por ella como niños ciegos!

La Dama. — ¡Cuánto me desprecias! ¡Es mi penitencia!

El Marqués de Bradomín. — Despreciarte, no. Tú fuiste como todas las mujeres, ni mejor ni peor. ¡Adiós, Concha!

La Dama. — Si todas las mujeres son como tú me juzgas, yo tal vez no haya sido como ellas. ¡Xavier, mi Xavier, déjame que me vea en tus ojos! ¡Es la última vez! ¡Compadéceme, no me guardes rencor!

El Marqués de Bradomín. — No es rencor lo que siento, es la melancolía del desengaño, una melancolía como si el crepúsculo cayese sobre mi vida, y mi vida, semejante a un triste día de otoño, se acabase para volver a empezar con un amanecer sin sol.

La Dama. — Tú tendrás el amor de otras mujeres.

El Marqués de Bradomín. — Temo que reparen demasiado en mis cabellos blancos.

La Dama. — ¿Qué importan tus cabellos blancos? Yo los buscaría para quererlos más. ¡Xavier, adiós para toda la vida!

El Marqués de Bradomín. — ¡Quién sabe lo que guarda la vida! ¡Adiós, Concha!

El Marqués de Bradomín se aleja, y la dama tiende hacia él los ojos mudos y desesperados. En el silencio de aquel jardín de mirtos lleno de gracia gentilicia, y de la tarde azul llena de gracia mística, los tritones de las fuentes borbotean su risa quimérica, y las aguas de plata corren con juvenil murmullo por las barbas limosas de los viejos monstruos marinos, que se inclinan para besar a las sirenas presas en sus brazos. La dama, desfallecida, se sienta en el banco que tiene florido espaldar de rosales, y ante sus ojos se abre la puerta del laberinto coronada por las dos quimeras, y el sendero umbrío, un solo sendero, ondula entre los mirtos como el camino misterioso de una vida.

La Dama. — ¡Qué hice yo, Dios mío!... ¡Y si a pesar de todo volviese!...

## ASÍ TERMINA LA TERCERA JORNADA

# ÍNDICE DE AUTORES QUE INTEGRAN LA COLECCIÓN AUSTRAL

**AIMARD, G.**
　276-Los tramperos del Arkansas.*
**ALARCÓN, PEDRO A. DE**
　37-El Capitán Veneno y El sombrero de tres picos.
**ALTAMIRANO, IGNACIO M.**
　108-El Zarco.
**ÁLVAREZ QUINTERO, S. y J.**
　124-Puebla de las mujeres y El genio alegre.
**ANÓNIMO**
　59-Cuentos y leyendas de la vieja Rusia.
**ANÓNIMO**
　156-Lazarillo de Tormes.
**ANÓNIMO**
　5-Poema del Cid.*
**ARCIPRESTE DE HITA**
　98-Libro de buen amor.
**ARÉNE, PAUL**
　205-La Cabra de Oro.
**ARISTÓTELES**
　239-La Política.*
　296-Moral. (La gran moral. Moral a Eudemo.)*
**ARRIETA, RAFAEL ALBERTO**
　291-Antología.
**AUNÓS, EDUARDO**
　275-Estampas de ciudades.*
**AZORÍN**
　36-Lecturas españolas.
　47-Trasuntos de España.
　67-Españoles en París.
　153-Don Juan.
　164-El paisaje de España visto por los españoles.
　226-Visión de España.
　248-Tomás Rueda.
　261-El escritor.
**BALLANTYNE, ROBERTO M.**
　259-La isla de coral.
**BALMES, J.**
　71-El criterio.*
**BALZAC, H. DE**
　77-Los pequeños burgueses.
**BAROJA, PÍO**
　177-La leyenda de Jaun de Alzate.
　206-Las inquietudes de Shanti Andía.*
　230-Fantasías vascas.
　256-El gran torbellino del mundo.*
　288-Las veleidades de la fortuna.
**BASHKIRTSEFF, MARÍA**
　165-Diario de mi vida.
**BÉCQUER, GUSTAVO A.**
　3-Rimas y leyendas
**BENAVENTE, J.**
　34-Los intereses creados y Señora ama.
　84-La Malquerida y La noche del sábado.
　94-Cartas de mujeres.
　305-La fuerza bruta y Lo cursi.
**BERDIAEFF, N.**
　26-El cristianismo y el problema del comunismo.
　61-El cristianismo y la lucha de clases.
**BERGERAC, CYRANO DE**
　287-Viaje a la Luna e Historia cómica de los Estados e Imperios del Sol.*

**BUTLER, SAMUEL**
　285-Erewhon.*
**BYRON, LORD**
　111-El corsario, Lara y El sitio de Corinto.
**CALDERÓN DE LA BARCA**
　39-El alcalde de Zalamea y La vida es sueño.
　289-Casa con dos puertas mala es de guardar y El mágico prodigioso.
**CAMBA, JULIO**
　22-Londres.
　269-La ciudad automática.
　295-Aventuras de una peseta.
**CAMPOAMOR**
　238-Doloras. Cantares. Los pequeños poemas.
**CANÉ, MIGUEL**
　255-Juvenilia y Otras páginas argentinas.
**CAPDEVILA, ARTURO**
　97-Córdoba del recuerdo.
　222-Las invasiones inglesas.
**CASTRO, ROSALÍA**
　243-Obra poética.
**CERVANTES, M. DE**
　29-Novelas ejemplares.*
　150-Don Quijote de la Mancha.*
**CÉSAR, JULIO**
　121-Comentarios de la Guerra de las Galias.*
**CONDAMINE, CARLOS MARÍA DE LA**
　268-Viaje a la América meridional.
**CROCE, B.**
　41-Breviario de estética.
**CRUZ, SOR JUANA INÉS DE LA**
　12-Obras escogidas.
**CHEJOV, ANTÓN P.**
　245-El jardín de los cerezos.
　279-La cerilla sueca.
**CHESTERTON, GILBERT K.**
　20-Santo Tomás de Aquino.
　125-La Esfera y la Cruz.*
　170-Las paradojas de Mr. Pond.
**CHMELEV, IVÁN**
　95-El camarero.
**DARÍO, RUBÉN**
　19-Azul...
　118-Cantos de vida y esperanza.
　282-Poema del otoño.
**DEMAISON, ANDRÉ**
　262-El libro de los animales llamados salvajes.
**DESCARTES**
　6-Discurso del método.
**DÍAZ-PLAJA, GUILLERMO**
　297-Hacia un concepto de la literatura española.
**DICKENS, C.**
　13-El grillo del hogar.
**DIEGO, GERARDO**
　219-Primera antología.
**DOSTOYEVSKI, F.**
　167-Stepantchikovo.
　267-El jugador.
**ESPINA, A.**
　174-Luis Candelas, el bandido de Madrid.
　290-Ganivet. El hombre y la obra.

## ESQUILO
224-La Orestíada. Prometeo encadenado.
## ESTÉBANEZ CALDERÓN, S.
188-Escenas andaluzas.
## FERNÁN CABALLERO
56-La familia de Alvareda.
## FERNÁNDEZ-FLÓREZ, W.
145-Las gafas del diablo.
225-La novela número 13.
263-Las siete columnas.
284-El secreto de Barba-Azul.*
## FERNÁNDEZ MORENO
204-Antología 1915-1940.*
## FRANKLIN, B.
171-El libro del hombre de bien.
## GALLEGOS, R.
168-Doña Bárbara.*
192-Cantaclaro.*
213-Canaima.*
244-Reinaldo Solar.*
307-Pobre negro.*
## GANIVET, A.
126-Cartas finlandesas y Hombres del Norte.
139-Idearium español y El porvenir de España.
## GARCÍA GÓMEZ, E.
162-Poemas arábigoandaluces.
## GOETHE, J. W.
60-Las afinidades electivas.*
## GOGOL
173-Tarás Bulba y Nochebuena.
## GÓMEZ DE LA SERNA, R.
14-La mujer de ámbar.
143-Greguerías 1940.
308-Los muertos, las muertas y otras fantasmagorías.
## GÓNGORA, L. DE
75-Antología.
## GRACIÁN, BALTASAR
49-El héroe. El discreto.
258-Agudeza y arte de ingenio.*
## GUEVARA, ANTONIO DE
242-Epístolas familiares.
## GUINNARD, A.
191-Tres años de esclavitud entre los patagones.
## HARDY, T.
25-La bien amada.
## HEARN, LAFCADIO
217-Kwaidan.
## HEINE, E.
184-Noches florentinas.
## HERCZEG, F.
66-La familia Gyurkovics.*
## HERNÁNDEZ, J.
8-Martín Fierro.
## HESSEN, J.
107-Teoría del conocimiento.
## HUDSON, W. H.
182-El ombú y otros cuentos.
## IBARBOUROU, JUANA DE
265-Poemas.
## IBSEN, H.
193-Casa de muñecas y Juan Gabriel Borkman.
## INSÚA, A.
82-Un corazón burlado.
## IRVING, WASHINGTON
186-Cuentos de la Alhambra.
## JAMESON, EGON
93-De la nada a millonarios.
## JAMMES, F.
9-Rosario al Sol.

## JENOFONTE
79-La expedición de los diez mil (Anábasis).
## JUNCO, A.
159-Sangre de Hispania.
## KEYSERLING, CONDE DE
92-La vida íntima.
## KIERKEGAARD, SÖREN
158-El concepto de la angustia.
## KIRKPATRICK, F. A.
130-Los conquistadores españoles.*
## KSCHEMISVARA
215-La ira de Caúsica.
## LARBAUD, VALÉRY
40-Fermina Márquez.
## LARRA, MARIANO JOSÉ DE
306-Artículos de costumbres.
## LARRETA, ENRIQUE
74-La gloria de don Ramiro.*
85-"Zogoibi".
247-Santa María del Buen Aire y Tiempos iluminados.
## LEÓN, FRAY LUIS DE
51-La perfecta casada.
## LEOPARDI
81-Diálogos.
## LERMONTOF, M. I.
148-Un héroe de nuestro tiempo.
## LEROUX, GASTÓN
293-La esposa del Sol.*
## LEUMANN, C. A.
72-La vida victoriosa.
## LEVENE, RICARDO
303-La cultura histórica y el sentimiento de la nacionalidad.*
## LEVILLIER, R.
91-Estampas virreinales americanas.
## LI HSING-TAO
215-El círculo de tiza.
## LOPE DE VEGA
43-Peribáñez y el Comendador de Ocaña y La Estrella de Sevilla.
274-Poesías líricas.
294-El mejor alcalde, el Rey y Fuente Ovejuna.
## LUGONES, LEOPOLDO
200-Antología poética.*
232-Romancero.
## LYNCH, BENITO
50-Los caranchos de La Florida.
127-Palo Verde y otras novelas cortas.
## LYTTON, B.
136-Los últimos días de Pompeya.
## MACHADO, ANTONIO
149-Poesías completas.*
## MACHADO, MANUEL
131-Antología.
## MACHADO, MANUEL Y ANTONIO
260-La duquesa de Benamejí, La prima Fernanda y Juan de Mañara.*
## MAETZU, RAMIRO DE
31-Don Quijote, Don Juan y La Celestina.
## MALLEA, EDUARDO
102-Historia de una pasión argentina.
202-Cuentos para una inglesa desesperada.
## MANRIQUE, JORGE
135-Obra completa.
## MANSILLA, LUCIO V.
113-Una excursión a los indios ranqueles.*
## MAÑACH, JORGE
252-Martí, el apóstol.*

## ÍNDICE DE AUTORES

**MAQUIAVELO**
  69-El Príncipe (comentado por Napoleón Bonaparte).
**MARAÑÓN, G.**
  62-El Conde-Duque de Olivares.*
  129-Don Juan.
  140-Tiempo viejo y tiempo nuevo.
  185-Vida e historia.
  196-Ensayo biológico sobre Enrique IV de Castilla y su tiempo.
**MARCOY, PAUL**
  163-Viaje por los valles de la quina.*
**MARICHALAR, A.**
  78-Riesgo y ventura del Duque de Osuna.
**MAURA, ANTONIO**
  231-Discursos conmemorativos.
**MAURA GAMAZO, GABRIEL**
  240-Rincones de la Historia.
**MAUROIS, ANDRÉ**
  2-Disraeli.
**MÉNDEZ PEREIRA, O.**
  166-Núñez de Balboa.
**MENÉNDEZ PIDAL, R.**
  28-Estudios literarios.*
  55-Los romances de América y otros estudios.
  100-Flor nueva de romances viejos.*
  110-Antología de prosistas españoles.*
  120-De Cervantes y Lope de Vega.
  172-Idea imperial de Carlos V.
  190-Poesía árabe y poesía europea.
  250-El idioma español en sus primeros tiempos.
  280-La lengua de Cristóbal Colón.
  300-Poesía juglaresca y juglares.*
**MENÉNDEZ Y PELAYO, MARCELINO**
  251-San Isidoro, Cervantes y otros estudios.
**MEREJKOVSKY, D.**
  30-Vida de Napoleón.*
**MERIMÉE, PRÓSPERO**
  152-Mateo Falcone y otros cuentos.
**MESA, E. DE**
  223-Poesías completas.
**MESONERO ROMANOS, RAMÓN DE**
  283-Escenas matritenses.
**MILL, STUART**
  83-Autobiografía.
**MOLIÈRE**
  106-El ricachón en la corte y El enfermo de aprensión.
**MOLINA, TIRSO DE**
  73-El vergonzoso en Palacio y El Burlador de Sevilla.*
**MONTESQUIEU**
  253-Grandeza y decadencia de los romanos.
**MORAND, PAUL**
  16-New York.
**MORETO, AGUSTÍN**
  119-El lindo don Diego y No puede ser el guardar una mujer.
**MUÑOZ, F.**
  178-Se llevaron el cañón para Bachimba.
**NERVO, AMADO**
  32-La amada inmóvil.
  175-Plenitud.
  211-Serenidad.
**NOVÁS CALVO, L.**
  194-El Negrero.*
**NÚÑEZ CABEZA DE VACA, ALVAR**
  304-Naufragios y comentarios.*

**OBLIGADO, CARLOS**
  257-Los poemas de Edgar Poe.
**OBLIGADO, RAFAEL**
  197-Poesías.*
**ORTEGA Y GASSET, J.**
  1-La rebelión de las masas.*
  11-El tema de nuestro tiempo.
  45-Notas.
  101-El libro de las misiones.
  151-Ideas y creencias.
  181-Tríptico: Mirabeau o el político. Kant. Goethe.
  201-Mocedades.
**PALACIO VALDÉS, A.**
  76-La Hermana San Sulpicio.*
  133-Marta y María.*
  155-Los majos de Cádiz.
  189-Riverita.
  218-Maximina.
  266-La novela de un novelista.*
  277-José.
  298-La alegría del capitán Ribot.
**PALMA, RICARDO**
  52-Tradiciones peruanas (1ª selec.).
  132-Tradiciones peruanas (2ª selec.).
  309-Tradiciones peruanas (3ª selec.).
**PASCAL, BLAS**
  96-Pensamientos.
**PELLICO, SILVIO**
  144-Mis prisiones.
**PEMÁN, JOSÉ MARÍA**
  234-Noche de levante en calma y Julieta y Romeo.
**PEREDA, J. M. DE**
  58-Don Gonzalo González de la Gonzalera.
**PEREYRA, CARLOS**
  236-Hernán Cortés.*
**PÉREZ DE AYALA, R.**
  147-Las Máscaras.*
  183-La pata de la raposa.*
  198-Tigre Juan.
  210-El curandero de su honra.
  249-Poesías completas.*
**PÉREZ GALDÓS, B.**
  15-Marianela.
**PFANDL, LUDWIG**
  17-Juana la Loca.
**PIGAFETTA, ANTONIO**
  207-Primer viaje en torno del Globo.
**PLATÓN**
  44-Diálogos.*
  220-La República o el Estado.*
**PLUTARCO**
  228-Vidas paralelas: Alejandro - Julio César.
**PRAVIEL, A.**
  21-La vida trágica de la emperatriz Carlota.
**PRÉVOST, MARCELO**
  89-Manón Lescaut.
**PRIETO, JENARO**
  137-El socio.
**PUCHKIN**
  123-La hija del Capitán y La nevasca.
**QUEIROZ, EÇA DE**
  209-La ilustre casa de Ramires.*
**QUEVEDO, FRANCISCO DE**
  24-Historia de la vida del Buscón.
**RADA Y DELGADO, JUAN DE DIOS DE LA**
  281-Mujeres célebres de España y Portugal (Primera selección).
  292-Mujeres célebres de España y Portugal (Segunda selección).

## COLECCIÓN AUSTRAL

**RAMÓN Y CAJAL, S.**
  90-Mi infancia y juventud. *
  187-Charlas de café.*
  214-El mundo visto a los ochenta años.
  227-Los tónicos de la voluntad.
  241-Cuentos de vacaciones.
**REY PASTOR, JULIO**
  301-La ciencia y la técnica en el descubrimiento de América.
**REYLES, CARLOS**
  88-El gaucho Florido.
  208-El embrujo de Sevilla.
**RIVAS, DUQUE DE**
  46-Romances.*
**RIVERA, JOSÉ E.**
  35-La vorágine.*
**ROJAS, FERNANDO DE**
  195-La Celestina.
**ROJAS, FRANCISCO DE**
  104-Del Rey abajo, ninguno y Entre bobos anda el juego.
**RUIZ DE ALARCÓN**
  68-La verdad sospechosa y Los pechos privilegiados.
**RUSSELL, B.**
  23-La conquista de la felicidad.
**SAINZ DE ROBLES, F.**
  114-El "otro" Lope de Vega.
**SANTA MARINA, LUYS**
  157-Cisneros.
**SANTA TERESA**
  86-Las Moradas.
**SANTO TOMÁS**
  310-Suma Teológica.
**SCHILLER, F.**
  237-La educación estética del hombre.
**SHAKESPEARE, W.**
  27-Hamlet.
  54-El rey Lear y Poemas.
  87-Otelo, el moro de Venecia y La tragedia de Romeo y Julieta.
  109-El mercader de Venecia y La tragedia de Mácbeth.
  116-La tempestad y la doma de la bravía.
**SHAW, BERNARD**
  115-Pigmalión y La cosa sucede.
**SILIÓ, CÉSAR**
  64-Don Álvaro de Luna *
**SIMMEL, GEORG**
  38-Cultura femenina y otros ensayos.
**SOLALINDE, A. G.**
  154-Cien romances escogidos.
  169-Antología de Alfonso X el Sabio.*
**STENDHAL**
  10-Armancia.
**STEVENSON, R.**
  7-La isla del Tesoro.
**STORNI, ALFONSINA**
  142-Antología poética.
**STRINDBERG, A.**
  161-El viaje de Pedro el Afortunado.
**SWIFT, JONATÁN**
  235-Viajes de Gulliver.*
**TURGUENEFF, I.**
  117-Relatos de un cazador.
  134-Anuchka y Fausto.
**TWAIN, MARK**
  212-Las aventuras de Tom Sawyer.

**UNAMUNO, M. DE**
  4-Del sentimiento trágico de la vida.*
  33-Vida de Don Quijote y Sancho.*
  70-Tres novelas ejemplares y un prólogo.
  99-Niebla.
  112-Abel Sánchez.
  122-La tía Tula.
  141-Amor y pedagogía.
  160-Andanzas y visiones españolas.
  179-Paz en la guerra.*
  199-El espejo de la muerte.
  221-Por tierras de Portugal y de España.
  233-Contra esto y aquello.
  254-San Manuel Bueno, mártir y Tres historias más.
  286-Soliloquios y conversaciones.
  299-Mi religión y otros ensayos breves.
**UP DE GRAFF, F. W.**
  146-Cazadores de cabezas del Amazonas.*
**VALDÉS, JUAN DE**
  216-Diálogo de la lengua.
**VALERA, JUAN**
  48-Juanita la Larga.
**VALLE-ARIZPE, A DE**
  53-Cuentos del México antiguo.
**VALLE-INCLÁN, R. DEL**
  105-Tirano Banderas.
  271-Corte de amor.
  302-Flor de santidad y Coloquios románticos.
**VAN DINE, S. S.**
  176-La serie sangrienta.
**VEGA, GARCILASO DE LA**
  63-Obras.
**VIGNY, ALFREDO DE**
  278-Servidumbre y grandeza militar.
**VILLA-URRUTIA, MARQUÉS DE**
  57-Cristina de Suecia.
**VILLALÓN, CRISTÓBAL DE**
  246-Viaje de Turquía.*
  264-El Crótalon.*
**VIRGILIO**
  203-Églogas. Geórgicas.
**VIVES, JUAN LUIS**
  128-Diálogos.
  138-Instrucción de la mujer cristiana.
  272-Tratado del alma.*
**VOSSLER, KARL**
  270-Algunos caracteres de la cultura española.
**WAKATSUKI, FUKUYIRO**
  103-Tradiciones japonesas.
**WASSILIEW, A. T.**
  229-Ochrana.*
**WAST, HUGO**
  80-El camino de las llamas.
**WILDE, OSCAR**
  18-El ruiseñor y la rosa.
  65-El abanico de Lady Windermere y La importancia de llamarse Ernesto.
**WINDHAM LEWIS, D. B.**
  42-Carlos de Europa, emperador de Occidente.*
**ZORRILLA, JOSÉ**
  180-Don Juan Tenorio y El puñal del godo.
**ZWEIG, STEFAN**
  273-Brasil.*

\* Volumen extra.

## Date Due

Library Bureau Cat. No. 1137